Este livro, composto na fonte Minion Pro,
foi impresso em papel Lux Cream 60g/m^2 na Leograf.
São Paulo, Brasil, agosto de 2024.

Visite o autor em:

- **f** @textoscrueisdemais
- ⓘ @textoscrueisdemais
- **𝕏** @textoscrueis
- ▶ **Textos Cruéis Demais**

**Confira nossos lançamentos,
dicas de leituras e
novidades nas nossas redes:**

🐦 editoraAlt

📷 editoraalt

📘 editoraalt

♪ editoraalt

Conheça os demais livros da série
Textos cruéis demais:

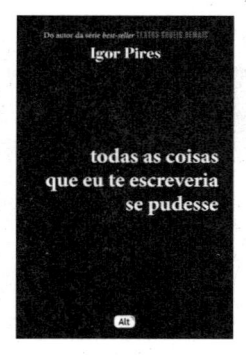 

"eu não sinto que você já está aqui"
quando, na verdade não, você estava e não fazia questão
de estar

finalmente o relevo na minha pele, criado das vezes que
você me descartou do conceito de afeto,
está diminuindo e a dor já não dói como antes
eu já não carrego tuas digitais em meu corpo e o gosto
da tua saliva caiu no meu esquecimento
a imagem que tenho de você agora está cada vez mais
pálida, esmaecida, fraca e superficial
está finalmente esquecendo de si mesma
para não existir corrupta
e indesejada por aqui

eu tenho muitas feridas as quais lembrar
mas agora, durante este espaço de tempo que me
percebo no caminho para a cura, fico feliz por entender
que meus processos continuam me dando a mão
dizendo: *pode vir, nada do que está aqui vai te deixar cair*
repetindo: *você não sabe o quanto de força habita neste*
corpo que cai mas continua dançando

querido, eu estou dançando com redemoinhos e
esperanças outra vez.

eu estou amando o jardim que o meu corpo tem se
tornado.

este é um corpo que cai mas continua dançando

porque virá um presente ausente de qualquer mentira
ou vaidade,
porque o futuro me abraça com a ideia de que
você não estará nele
porque me alivia conceber a ideia de que
em algum momento
eu olharei para o teu nome e ele terá se tornado
apenas algumas letras amontoadas que
não dizem terror algum
não dilaceram a minha autoestima
não silenciam todas as vezes que quero voar

porque quis muito voar contigo e o voo era alto demais
e repentinamente eu estava lá sozinho com todas as vezes
que fiz dar certo
que fiz amor
que fiz vibrar

de repente, lá estava eu,
mandando mensagens e recebendo
sentenças desconexas e contextos magros de sentido,
declarações de amor esguias de significado,
palavras de coragem que não duraram
o tempo de uma lua cheia no céu

finalmente você está pegando o caminho de volta para
um lugar que desconheço,
arquitetando novas formas de viver para além do
retrovisor das minhas escolhas,
voltando para o labirinto que te habita, com todos os jogos
confusos e sumiços e inverdades de tudo o que projetou
em mim para que eu me sentisse culpado de dizer

para tocar cicatrizes

finalmente você virou cicatriz
uma flor ao redor da ferida para que a vida, novamente,
volte a ter textura, fazer cócegas no centro
da minha existência,
brincar com as expectativas que agora crio
durante momentos de solidão

eu estou dançando com a solidão e não há nenhum
sofrimento nisso, meu bem

eu nunca penso na força que reside em mim em
momentos catárticos como términos e rupturas
mas me surpreendo, a cada passo, com a memória que
meus pés adquirem
com a habilidade que exercem de percorrer
invariavelmente o mesmo caminho rumo à
reconstrução
como se soubessem que, para se curar, é necessário
roubar as digitais da palavra superação
e costurá-la no peito,
agora suspirando firme,
agora respirando breve,
agora vivendo pelas ruas das próprias vitórias,
agora flutuando em redemoinhos de esperança
em si e no que virá

este é um corpo que cai mas continua dançando

às vezes o fim do amor está em uma música - que você ainda escuta, agora com menos frequência. você costuma ouvir *"fine line"* do *harry* em momentos de tristeza catártica, cuja memória te aperta forte o pescoço e não te deixa ir embora de si mesma. e é exaustivo tentar ir embora de um corpo que te prendeu. você percebe: está atada. está atada a um território que ainda reconhece o nome, sente o cheiro e ainda lembra de algumas, se não todas, manias que ele carregava consigo. você consegue até sentir a textura do cabelo, o perfume da nuca, o aroma da respiração próxima ao nariz, rente à boca. e aí desaba, desanda, desmancha. *"está tudo bem se desfazer por algo que ainda faz morada em mim"*, enfim se diz.

eu queria te dizer que o fim do amor vai acontecer para você algumas vezes. haverá dias de uma dor que aparentemente te levará tudo, inclusive você de si mesma. mas haverá, também, os dias cuja ausência dele não será nada perto da tua própria força de viver. dias em que planetas baterão à sua porta, te convidando para virar estrela no céu. dias em que o próprio sol entrará na sala da tua casa e te dirá: fique em paz, minha filha, aqui ainda existe luz para você.

porque embora o fim do amor aconteça muitas vezes e por um período indeterminado, ainda há luz no mundo te esperando.

eu queria te dizer, meu bem, que o tapete debaixo dos teus pés ainda te fará voar.

quantificar. é impossível, no tempo que existe agora, agarrar-se àquilo que ficou no passado e apenas nele.

às vezes o fim do amor tem o número de uma casa – a mesma em que você costumava ir para passar o final de semana. você chegava sexta-feira à noite empolgada com a possibilidade de encontrá-lo novamente. as mãos em contato com o que lhe fazia flutuar, a saudade sendo esmagada num abraço de minutos. e você ia embora na segunda, enluarada, como se não precisasse, uma vez mais, se deslocar para o trabalho, para as coisas mundanas que pediam pressa. mas nada em você era correria, pelo contrário, tudo possuía o gosto do que é lento, calmo, sereno.

às vezes o fim do amor tem a lembrança de um restaurante – aquele em que costumavam ir pelo menos uma vez por mês, para falar da vida ou apenas se encararem e se aninharem um no silêncio do outro. vocês deixavam os celulares em cima da mesa em uma competição de quem se rendia primeiro à tecnologia. seus olhos procuravam nos dele um motivo para continuar ali, intacta e atônita, e encontravam mais do que razões: precipícios te convidavam para dançar e você dançava. e de repente, ambos se sentiam prestigiados diante da presença um do outro. sobretudo porque se amavam, e antes de tudo porque se queriam. poderia ser em um restaurante, como também poderia ser sentados em uma calçada qualquer de rua nenhuma. poderia ser no palácio mais bonito da região mais desejada, mas poderia ser dentro do quarto, onde intimidade viraria uma palavra maior do que dez letras.

sobre quais os melhores roteiros a se fazer, a quantidade de comida para cada ocasião, o que não poderia faltar, em hipótese alguma. os boletos das contas de luz, água, telefone, todos colados na geladeira, para ele não esquecer, para não esquecer você. e as conversas sobre como foi a terapia, quais os pontos a serem trabalhados agora nesta nova fase da vida, quais os melhores caminhos a serem percorridos diante do objetivo de ser mais firme, dura, concisa, dona de si. você finalmente terminando a faculdade, ele ingressando no mestrado que tanto quis. você mudando de emprego, alçando novos voos, ele também voando, do teu lado, como se a experiência do caminho só fizesse sentido porque é um movimento que conjuga no plural.

o fim do amor adoece os ossos, faz a respiração dos pulmões se questionar se ainda faz sentido continuar existindo, transforma os dias em pequenos retalhos de uma dor que não tem bem um nome.

porque às vezes é um cheiro, um CEP, um tom de voz específicos. às vezes, é um número de telefone, os símbolos ali em sequência que você decorou do tempo que passaram juntos, dos anos em que se ligavam para ficar horas conversando amenidades, compartilhando das histórias que aconteceram durante o dia. é uma última mensagem na caixa de spam, uma palavra martelando na cabeça toda vez que o pensamento encontra a solidão. às vezes, a dor do fim é uma última palavra escrita no celular. um "se cuida, você foi muito importante para mim", ou "eu te amo muito, espero que você saiba o tanto". só que é impossível saber ou

fine line

eu queria te dizer, meu bem, que no começo parece que
o mundo puxa o tapete que alicerça os nossos pés.

é uma vontade de chorar absurda, a sensação de que
nunca mais conseguiremos olhar nos olhos daquilo
que nos encantou um dia, da pessoa que nos tornou
humanos diante da dureza do universo.

alguém que te amansou a pele, velou teus sonhos,
embalou a tua entrega, te eternizou na história.

alguém que te pintou e te elevou ao patamar de obra
de arte, peça fundamental para coleção de qualquer
museu. alguém que fotografou a passagem do tempo
sobre você, a maneira como teu cabelo cresceu, a forma
encantadora como a idade foi avançando sobre seu
corpo, transformando sabedoria em uma cadeira de
balanço no quintal de casa. alguém que te colocou no
parapeito do mundo, lugar onde você podia se sentir
infinita, inteira, inquebrável, imiscível, idílica: com ele
você poderia ser você mesma sem precisar se diminuir.
sem precisar caber na tentativa de ser minúscula, quase
indivisível, enfim esmaecida.

alguém que te banhou em sonhos e planos. ano-novo no
Rio de Janeiro, as férias em alguma cidade desconhecida
do sertão baiano, o carnaval isolados em alguma cabana
distante do caos de São Paulo, o natal na casa dos pais
dela para estreitar laços, torná-los vínculos. e então os
cadernos com as contas de cada viagem, as discussões

*eu queria te dizer que o fim do amor vai acontecer
para você algumas vezes. haverá dias de uma dor que
aparentemente te levará tudo, inclusive você de si mesma.
mas haverá, também, os dias cuja ausência dele não será
nada perto da tua própria força de viver. dias em que
planetas baterão à sua porta, te convidando para virar
estrela no céu. dias em que o próprio sol entrará na sala
da tua casa e te dirá: fique em paz, minha filha, aqui
ainda existe luz para você.*

eu tenho o hoje e com ele a certeza de que quando
nos tocamos as células do meu corpo se dão conta do
porquê estão vivas
o hoje e a certeza de que minhas inseguranças ficam
envergonhadas de existirem perto de nós
o hoje a certeza de que paz é alguém que te olha com
ternura em uma manhã de domingo como
você me olhou
o hoje e a compreensão de que o que estou sentindo é
vasto
e vai durar

você não é a oração que fiz a deus porque eu nem
cogitava ser feliz assim
muito menos alguém que eu esperava encontrar
no meio do oceano, já que fazia frio no dia que nos
conhecemos e tivemos a impressão de que seria
apenas mais um encontro para depois nunca mais

no entanto estamos aqui
como se realmente merecêssemos o tempo e a vida,
a paixão e a leveza, o encontro e o mergulho

"o que você está olhando?", você me perguntou hoje de
manhã
com olhos inundados de ternura.

eu estou mergulhando, meu amor.
eu estou mergulhando.

este é um corpo que cai mas continua dançando

vontade de te guardar
porém é injusto: com o mundo, que também precisa
admirar pessoas raras como você
e com a vida, já que é na liberdade que mora o
poder das nossas escolhas

e tem sido assim, todos os dias, desde que nos
conhecemos.
você me escolhe e eu te escolho.

eu escolho me permitir ser vulnerável, olhado de perto,
apreciado silenciosamente.

escolho me permitir gostar de alguém sem pensar
demais,
apenas vivendo o momento espesso de felicidade e
conexão.

escolho me abrir e ser eu mesmo, de verdade, pele, tato,
osso, desejo e erupção

me permito as decisões de ficar mais um dia, dormir
mais uma hora,
sorrir mais um pouco,
abrir cada vez mais mão do ego,
do orgulho de não dizer e não sentir

acontece que estamos sentindo tanto e tudo
mas nada disso me preocupa
eu não tenho o amanhã ainda e o hoje é uma criança
precisando de atenção

mergulho

meu amor
eu perdi o medo da entrega quando olhei em teus
olhos e me deparei com dois oceanos inegociáveis
e que me convidavam para o mergulho

era junho quando te encontrei e
voltei a me encontrar também

o meio do ano começava a me dilacerar com a pressa que
sobrevoa nossas expectativas nos dizendo que
só temos metade dos ponteiros dos relógios para realizar
as promessas que fizemos na virada
porque rezamos e pedimos a deus coisas como
saúde mental paz de espírito leveza no caminhar
e um amor tranquilo que nos livre
do peso da solidão
e lá estava eu, em uma busca interior e silenciosa por
alguma faísca de paz e uma cura que não
precisava vir através
de alguém nem nada assim
mas é impossível olhar para você e automaticamente
não se perceber sendo cicatrizado
você me cicatrizou e diariamente tem costurado partes
minhas que estavam perdidas, desamparadas
na mão do destino
eu te olho enquanto dançamos na festa e tenho

este é um corpo que cai mas continua dançando

vocês assistiam a um bom drama toda sexta-feira,
mas agora é cada um no seu canto da cama, porque
em algum momento do caminho desgastou, rompeu
a áurea, a individualidade sobrepôs a empatia e a
companhia já não faz cócegas no estômago, não faz
sorrir angústias e desapontamentos

quando você percebe que não está como você gostaria
que estivesse, neste ponto, amar é uma decisão ou um
sentimento?

talvez você só precise entender que desistir do amor e
do desconforto dos relacionamentos também é uma
maneira de amar, de deixar ir, de dizer que tudo bem,
você tentou.

amar é uma escolha e um sentimento, ao mesmo tempo,
e para todos aqueles que se permitem sentir.

se permita também.

e quando deixar de ser bom você pode se levantar da
mesa e ir embora.
porque quando deixa de ser leve, deixa de ser amor.
e você é quem decide continuar e se machucar, ou
simplesmente abraçar
seus recomeços e partir.

quando você percebe que ele te silencia em toda
discussão ou quando ele não quer que você saia com
seus amigos ou quando você está sempre errada mesmo
quando não está.

quando você sente que tem algo estranho e tudo já está
turvo e desconfortável.

amar é um sentimento ou uma decisão?

eu sei que era íntimo e que agora não é mais.
vocês se falavam a todo instante e hoje fazem
joguinhos psicológicos
brincando em um parque repleto de orgulho e ego
competindo para ver quem rompe o silêncio primeiro
quem manda a primeira mensagem
a última

vocês costuravam contato e diálogo, falavam sobre os
assuntos legais do dia a dia, no entanto agora só existe
silêncio e aspereza
estranhamento e palavras cruas, nuas, que nada dizem
ou querem dizer

este é um corpo que cai mas continua dançando

aos sábados, jantar na casa dos amigos.
você já faz parte do círculo social dele e vice-versa. já
é aceito no grupo, está incluído nas viagens de fim de
ano e carnaval. se sente, finalmente, parte de um inteiro:
uma pequena estrela dentro de uma constelação maior e
mais iluminada

você já projeta o futuro, procura por passagens para
viajar – para outra cidade
para a fronteira do carinho, que é mútuo e constante
para dentro de uma maneira de gostar que só vocês têm

neste processo de estar cada vez mais entregue, amar é
um sentimento ou decisão?

provavelmente ambos.

quando você percebe que finalmente encontrou alguém
que não te acha anormal por fazer amor de meia ou
colocar ketchup na pizza. alguém que descobriu várias
maneiras de te fazer sorrir mesmo estando bravo no
meio de uma discussão. alguém que desmanchou todas
as barreiras, mesmo aquelas construídas com o suor
de mãos solitárias nos piores e mais infelizes dos anos.
marcando de alegria cada centímetro dos seus medos,
da alma, da parte sensível que sempre esteve presente
em você, apenas não sabia como se apresentar.

como dizer não a se envolver cada vez mais?
você ama e escolhe amar cada vez mais porque faz bem.
caramba, você sabe que faz bem.

neste ponto, amar é um sentimento ou decisão?

você já está apaixonada porque seu cérebro
transformou-o em uma presença indispensável
para a rotina dos dias. e continua alimentando tal
encantamento porque, meu deus, ele te faz flutuar em
dias solares mesmo quando chove e é inverno. no céu da
tua entrega, todo mês é fevereiro e março.

você se sente mais disposta, as notas na universidade
melhoram, no trabalho as entregas fluem e está
plenamente intacto dentro dessa partilha. você continua
alimentando tal sentimento fazendo planos como:
"casar na praia ou na igreja?", *"casar ou não casar?"*,
"viver juntos ou separados?". às sextas-feiras, um bom
drama na televisão. você ama-o cada vez mais. ele
se lembrou de como você estava vestido no dia da
Augusta. ele lembra das suas falas e de como você
parecia plena e serena. segreda um pensamento: "graças
ao universo nos encontramos naquele dia". seu coração
dispara, os olhos sorriem largos e maduros, conscientes
de que vislumbram o mesmo horizonte do seu amado.
os pelos do corpo celebram tamanho encontro, quase
não creem na possibilidade dada de se reinventarem
uma vez mais no amor.

o amor, sim, o amor.
esta tradução simultânea de movimentos como
compartilhar os pensamentos mais íntimos e secretos,
esquadrinhar os centímetros do afeto e do desejo,
perseguir a forma e o volume da intimidade.

este é um corpo que cai mas continua dançando

neste ponto do relacionamento, você já sabe que ele vai ao banheiro duas vezes por dia, bebe três litros d'água e gosta de comer fruta no café da manhã. sabe que ele assiste a desenho animado antes de começar a trabalhar, porque isso o lembra da infância, momento da vida do qual ele senta falta e tece frequentes comentários a respeito. sabe que ele gosta especificamente do pão francês da padaria que fica na rua ao lado de casa, chora escondido com saudade dos pais, prefere os filmes românticos a qualquer película de terror. você já sabe quando ele vai espirrar, porque decorou a logística de sua alergia, e de qual forma vai discutir com desconhecidos na rua que destratam pessoas que prestam qualquer serviço. antes mesmo de sua voz rasgar o ar com xingamentos, você ri porque sabe exatamente o que vai acontecer – e volta para casa rindo do quão íntimos conseguem ser, do quanto de conexão é possível caber em dois corpos cobertos de limitações. você compreende seus silêncios quando a ansiedade é um elefante sentado sobre os ombros e respeita-o entrando na dança da ausência de qualquer das palavras, dando-lhe as mãos, dizendo: *eu também estou aqui.* neste momento da relação, em que as risadas já têm a mesma textura e os mesmos decibéis, você já decidiu gostar de todas as manias dele. transformou-se em outra pessoa, esta que encara o medo de altura, o de ser abandonado, o de ter as expectativas espatifadas no chão da vulnerabilidade.

agora, vocês conversam quase o dia inteiro, e quem te vê no ônibus pela manhã, certamente insinua que a felicidade é o caminho para onde está indo, que a vida te chegou completa.

amar é um sentimento ou uma decisão?

você se apaixonou acidentalmente por ele enquanto comia coxinha no bar da terceira quadra da Rua Augusta. ele retribuiu o olhar e, subitamente, iniciaram um diálogo recheado de desejo:

— *sou aqui de São Paulo mesmo e você?*
— *eu vim do Rio, mas estou aqui há pouco tempo*

você se apaixona pelo sotaque arrastado. pelo ar de quem está conectado com o mar mais do que qualquer outra parte da vida. se apaixona pelas expressões e porque ele, pasme, nunca viu um filme do Kubrick. o que te encanta nele é a capacidade que ele tem de não ligar muito se parece interessante ou não. você o acha interessante e fim.

vocês começam a conversar todos os dias por mensagem. toda vez que o nome dele aparece na tela do celular o seu coração dá cambalhotas dentro do peito. é como estar em uma montanha-russa. no meio do oceano. prestes a descobrir o mapa do tesouro perdido. no centro de um furacão que te abraçou como ninguém nunca havia o feito anteriormente.

amar é um sentimento ou uma decisão?

talvez você só precise entender que desistir do amor e do desconforto dos relacionamentos também é uma maneira de amar, de deixar ir, de dizer que tudo bem, você tentou.

este é um corpo que cai mas continua dançando

e isso diz muito sobre a capacidade que você tem de
encontrar maneiras para acreditar no amor e nas pessoas
pois acreditar ainda é viga que sustenta a mais frágil
das casas
o machucado cômodo que você se tornou

eu lembro de te ver chorar um Rio Amazonas inteiro
depois que ela partiu seu coração em duas partes quase
que irrecuperáveis
você maldizendo o nome dela, contando para as amigas
que nunca mais, nunca mais se entregaria por completo
a alguém assim, desta forma
e de repente hoje é sábado à noite, há estrelas no céu,
e dentro de você uma constelação dança livre e luminosa
pois o amor voltou a bater na sua porta
a dizer: "meu bem, você não quer dançar?"
e então o seu rosto está colado no rosto dela
vocês estão dançando juntas em algum samba
no centro da cidade
e você pensa que a vida é mesmo imprevisível
e inacreditável

quantas vezes você pensou que o fim de
um relacionamento seria o fim do amor
e nos meses seguintes a vida se encarregava
de te mostrar que basta estar viva e disposta
acesa e corajosa
para encontrar alguém que te brilha o peito

e aqui está você

brilhando.

você não acredita mais no amor

você não acredita mais no amor
e de repente um sorriso do tamanho de São Paulo
está atolado em teu rosto simplesmente
porque alguém que você gosta mandou mensagem
te chamando para sair
é uma terça-feira amanhecida de sol
e o coração está ansioso pois o encontro é apenas
na sexta-feira
e, internamente, você pede,
você reza: *que passe rápido*
que passe rápido
que passe rápido

há dois anos, em uma conversa com a terapeuta, você
disse que jamais deixaria alguém se acomodar na mesma
cama da conexão contigo novamente
e hoje é uma quarta-feira na qual você saiu apressada do
trabalho para encontrá-la do outro lado da cidade
sem se importar com o aspecto da maquiagem, o tanto
de suor molhando de nervoso as pálpebras e as
bochechas
sem ligar para o perfume vencido, para o cabelo que você
julga estar desajeitado
para o seu interior, que de igual forma, está fora do lugar
no entanto você está lá: inteira e completa na própria entrega

triste e até infeliz
só que, sincera na sua perda, lembrará
que não existe sentimento
que resista à ideia de ir embora

você vai se lembrar de que é um ser humano melhor,
pois talvez o amor nem sempre seja sobre permanecer.
mas não só isso: que o amor também é silencioso em
sua coragem de permitir que o outro vá
sem cobrar ou resistir

os dias melhorarão, em algum momento.
libertar pessoas, momentos e histórias é a
forma mais humana e honesta
de viver a vida.
e que bom que você está vivendo a sua.

este é um corpo que cai mas continua dançando

quando você a deixou ir,
naquele final de semana ensolarado,
os dias seguintes foram secos e vazios
não havia gosto de nada
existia um abismo na sua frente e você precisava
ir à faculdade
ao trabalho e a tudo o que nos amassa quando
estamos inconsoláveis.
você a deixou ir e tudo pareceu doloroso
não pelo adeus
fim e ruptura
não, não só por isso
mas porque você descobriu sua capacidade quase cristã
em deixar ir
liberar
libertar

porque entre tanta gente que prende,
você olhou para si mesma
e viu que era imensa demais para tentar
enjaular um sentimento
um pássaro à procura de liberdade
alguém que olha para o mundo e quer
desbravá-lo sozinha

você, abrindo mão dele
você, assimilando a ideia de estar, agora, imersa
em uma dor imodificável

e daqui para frente, quem sabe por dias
semanas ou meses
você vai se sentir inanimada

quando alguém vai embora da sua vida

quando alguém vai embora da sua vida por amor
quando você, por amar também, permite que ela vá
e os semáforos se apagam
os dias ficam cinza
os textos perdem qualquer razão que algum dia tiveram
a vida vai esmaecendo, perdendo qualquer vitalidade

eu sei, eu sei.
não é que de repente a vida perdeu a graça
só porque ele foi embora
é só que você se descobriu apta e honesta ao abrir mão

você descobriu que era forte para abrir a mão e
deixar escapulir aquela pessoa que te dava
um calor no peito
uma alegria constante de tentar qualquer coisa,
qualquer coisa que a fizesse continuar

não que ela era o motivo de você seguir, mas ela te
lembrava que você era boa demais para não tentar
e você tentava todos os dias
por si mesma, e por ela também

*mas ainda assim permanecíamos intactos, abraçados
um ao último momento do outro. eu sabia que nunca
mais poderia te chamar de meu parceiro de vida ou meu
companheiro, eu sabia que aquela seria a última vez
de muitas outras coisas, que naquela hora desabavam,
desmanchavam, iam embora no vento. você me apertou
forte contra o peito, as lágrimas corriam feito começo
de rio, a pele muda, triste, porque sabia que nunca
mais tocaria a minha, e os olhos molhados, cansados,
colocando a língua na despedida. é assim que grandes
amores terminam? nenhum filme sobre nós será feito.
nenhum livro de ficção contará a nossa história. ninguém
ficará sabendo que dois amores estiveram juntos pelo
tempo que puderam até que precisaram se desvencilhar.
o tempo, meu amor, ele nunca está errado. e foi incrível
poder partilhá-lo, mesmo que uma porção dele, ao teu
lado. mesmo que pelo tempo de um meteoro riscando
presença no céu.*

terraço

meu bem, às vezes me pergunto se nós apenas nos
encontramos no momento errado de nossas vidas. mas aí
eu lembro da terapeuta dizendo que o tempo está sempre
certo, porque rege soberano apesar das nossas ações. e é
verdade. não há como colocar um elástico nos ponteiros
do relógio e pedir que eles regressem a um momento em
que tudo saia exatamente como a gente quer. é impossível
enlaçar o tempo e pedir que ele esteja ao nosso favor.
então eu gosto de pensar que a gente apenas deixou de
se encontrar. a vida tem um pouco disso. quando a gente
acha que aquela pessoa veio para ficar, a vida dá uma
cambalhota e nos vemos chorando às 9 da manhã dentro
do transporte público porque alguém que amamos muito
precisou ir embora. muitas vezes pelo destino, irrefutável;
muitas vezes, porque o amor acabou. e quando o
amor acaba, não tem como voltar atrás. admiração,
confiança, carinho e companheirismo são movimentos
que conseguimos intermediar, gerir, construir no dia a
dia. mas uma vez que o brilho nos olhos vai embora e
a vontade de ficar também se vai, não há muito o que
fazer. por isso nós choramos no terraço do apartamento
ouvindo a nossa música favorita terça-feira passada.
o silêncio das palavras não ditas cortava a nossa pele,

eu reclamava de vê-la em seu mais feio estado
sem me dar conta de que ela estava,
assim como a vida,
se modificando
tornando-se mais saudável

mas a reconstrução
acontecia silenciosa
no dia a dia das horas invisíveis

todo término de relacionamento
é um pouco como as unhas:
silenciosas, elas vão crescendo
até expulsar aquela parte que já não cabe
mais ao corpo

fique tranquila
uma hora ele também vai embora de você.

este é um corpo que cai mas continua dançando

unha

três meses atrás
pisaram na
unha do meu pé

a princípio
como era de se esperar
o sangue ficou preso nela
e eu passei a usar sapatos fechados
para esconder a feiura que é carregar
uma unha cuja vida aparentemente não corre

o tempo foi passando e a unha foi crescendo
o sangue preso também se libertando
e semana após semana fui cortando um pedaço
eliminando o que em mim não
suportava enxergar

hoje, por fim, uma parte dela
finalmente caiu
levou três meses até que o processo todo
acontecesse

amar novamente e experiências capazes de me retirar do conforto da minha solidão. e reze por mim. peça para o universo guardar minha memória de quando te amei e te amar era o melhor e mais poderoso remédio para todas as vezes que duvidei que o mundo fosse um lugar melhor. peça para que Iansã proteja meus passos e guie minhas intuições. que Deus todo poderoso continue me olhando com olhos carinhosos e a atenção de quem sabe o filho que tem. que Buda me conceda a sorte de continuar vivendo, ainda que fragmentado por todas as guerras internas que ousam existir aqui depois que você se foi.

porque eu te lembro de vez em quando e nada de catastrófico dança em minha língua, nos dedos da minha ansiedade. tudo está no lugar, exatamente como deveria, anos após a sua partida. pois finamente mudei os móveis de cada cômodo, coloquei lâmpadas novas na escuridão que havia dentro, troquei de cor as paredes do quarto, revesti de sensibilidade espaços que outrora perderam sentido porque você tinha ido embora e o levado para longe de mim. porque abro as portas de casa e, de repente, vejo um céu lindo, azul-celeste, cristalino como o dia, me saudando em poesia. e ele está me dizendo que do outro lado do mundo, da fronteira que aparta pessoas no momento do término, do dia a dia que vai acontecendo quando alguém que se ama muito já não está entre nós fisicamente: você me carrega contigo.

porque pensei demasiado em você,
com afinco e amor e, logo em seguida, deixei ir.

este é um corpo que cai mas continua dançando

quem sabe no Rio, em São Paulo ou Bogotá, quem sabe flutuando sobre um céu azul ou em um cruzeiro no fim do mundo. enquanto bebe uma cerveja bem gelada numa sexta-feira calorosa e afetiva, quando algum sinal no céu ou em uma placa de trânsito, quando em alguma placa comercial ou nome de ônibus, quando em alguma palavra escrita na parede próxima à esquina do teu esquecimento, minha imagem despontar em tua cabeça. simples, leve, destemperada de sofrimento. pensa firme, forte, com vontade. mas não se afunde no pensamento. não cometa o crime de caçar foguetes ou procurar motivos para ligar, retornar caminhos, especificar feridas, retomar contato. pense em mim.

me lance uma oração, reza, cântico em sânscrito, desejo de mudança. deseje-me uma paz grandiosa no coração, uma mente menos atribulada e um peito capaz de abarcar a felicidade sem rejeitá-la, sem punir o corpo com a ausência de liberdade que existe em se acorrentar ao passado, no passado de nós dois. repara bem que vou repetir: deseje-me uma vida sem remorsos. sem pensar no porquê de não termos dado certo, de estarmos em lugares diferentes daqueles que planejamos anos atrás. me deseje que eu supere viver uma vida sem acordar ao teu lado, sem sentir o cheiro da tua nuca suada e do teu cabelo molhado, sem afogar decepções e tristezas no oceano do teu acolhimento, no infinito do afeto que te cabe e sempre fez tão bem.

me deseje novas formas de acreditar e crenças impossíveis e países pequenos no meio de lugar nenhum e pessoas grandes demais para o meu medo de

onde quer que você esteja II

onde quer que você esteja, me envie luz.

me envie bons pensamentos, de quando
compartilhamos a vida no mais íntimo, honesto e
amoroso de nós mesmos, que todo o resto poderia se
perder, menos o sedento desejo, os olhares cortantes, o
corpo em estado de sítio. pensa em mim sem mágoa,
rancor ou tristeza. sabendo que daqui, deste lado da
fronteira, do quebradiço mundo em que vivemos, eu
também te penso e celebro a tua presença. esta que um
dia me viu nu e não fugiu. a presença que um dia se
despiu e dançou com as fragilidades que eu carregava
no peito, me mostrando que jantar com a própria
vulnerabilidade não será, nunca, sinal de fraqueza, mas
sim prova de que existe uma sensibilidade poderosa que
habita dentro e ela é preciosa e indesculpável.

onde quer que você esteja, com quem quer que
compartilhe ar, corpo e história, pense em mim. não
precisa ser muito, não precisa ser pouco, não precisa ser
nada de mais. enquanto lava a louça e cruza as pernas
uma na outra, apoiando cansaços e preguiças. enquanto
anda de bicicleta na orla da praia ou de si mesmo,

me deseje que eu supere viver uma vida sem acordar ao teu lado, sem sentir o cheiro da tua nuca suada e do teu cabelo molhado, sem afogar decepções e tristezas no oceano do teu acolhimento, no infinito do afeto que te cabe e sempre fez tão bem.

bem diante daquilo que nos causa espanto e nos deixa imóveis, e, no entanto, é preciso erguer a cabeça, enxugar a lágrima, sair de casa para trabalhar, atender telefonemas sobre o futuro que precisa ser pensado, cumprir com as obrigações em cima da mesa, as esperanças tolas no chão. porque depois de três anos separados, eu quis entrar contigo no táxi, lançar meu olhar cansado sobre os seus olhos porosos de saudade, e dizer com todas as letras: **lembre-se de mim, que daqui farei o mesmo**. eu queria ter conseguido seguir teu corpo que sempre soube como encontrar o caminho para o meu, beijar a sua testa marcada de espinhas e linhas de emoção, mostrar às minhas células qual é a sensação de estar vivo e pulsando dentro de alguém. eu queria ter me reconstruído ao seu redor, como quando uma cidade sitiada encontra novas formas de olhar para si mesma e se recuperar. eu queria dizer que nunca amei outro homem como te amei, e preencher a ausência de todos estes anos com um pouco de nós e da felicidade que um dia vivemos e nos completou. mas não consegui. o nosso amor só consegue permanecer intacto se existir apenas na lembrança de quando foi bom.

lembre-se de mim.

este é um corpo que cai mas continua dançando

que a minha versão de agora provavelmente saberia como lidar com todas as feridas que estavam presentes em nosso relacionamento quando tudo parecia ruir, inclusive nós. e me conforta saber que agora estamos um pouco mais crescidos em pele e pensamento, e podemos dizer palavras como perdão, amadurecimento, evolução, culpa. eu tenho tentado abraçar todos os meus erros e tudo o que te causei. tentado não me eximir de compreender quais foram os movimentos que te magoaram e de que forma eu contribuí para arranhar a sua visão de mundo, comprometendo a sua fé no amor ou mesmo em mim. ainda assim, acredito que o que tivemos foi bonito e marcante. foi, como você costuma dizer, um *"super marco"*. recordo-me da vez que te encontrei em uma festa e você me disse que "acontecemos em um tempo que não sabia como pronunciar o nosso nome". você estava tentando dizer que o tempo não estava ao nosso favor, pois éramos jovens, tínhamos um mundo em cima dos ombros, sonhos maiúsculos e pouca vontade de ceder. e eu ri, com o coração quase pulando para fora, pois aquele dia me pareceu uma metáfora da vida dizendo que, às vezes, não é sobre amor ou vontade, mas sim sobre o quão maduros estamos e queremos estar para alguém. naquele dia, você perguntou se podia ir embora comigo para casa e, com tsunamis dançando tango argentino em meu âmago atolado de nós, respondi que não. internamente, eu queria te levar para casa, para a cama, para o mais profundo do meu corpo, para a parte da vida mais íntima e intocável, para Júpiter, Madagascar. e fiquei dias pensando como o destino é imprevisível e nos coloca em perspectiva quando nos encontramos

amor acabou porque ele também é finito, também se desgasta, também vai embora. preferimos nos afastar brutalmente, cultivando a ausência como linguagem do adeus, do que tentar entender o que aconteceu, onde havíamos errado, em qual momento deixamos de nos compartilhar.

eu vejo agora, com mais luminosidade, que mesmo no fim havia amor entre nós. o amor romântico apenas cedeu espaço para outros modos de existir silencioso em nossa convivência. como, por exemplo, nos dias que, mesmo distantes, cedemos risadas, afeto e cuidado durante o dia um ao outro: era o amor sendo o rejunte de um piso já sujo e desgastado pela vida. como se ele fosse justamente este descuido que se mostra vez ou outra na rotina dura e cansada dos dias. como, mesmo depois de bloqueados e ausentes um do destino do outro, algum amigo teu vinha me perguntar como eu estava, como estava lidando com toda a situação. eu sabia que o cuidado deles era um eco da tua própria preocupação. e eu também perguntava de você nas entrelinhas, porque ainda havia respeito e amor pela pessoa que você era, pela pessoa que havia se tornado. talvez só não soubemos com manejar as projeções – e eram muitas – que espatifaram no chão tais quais os pratos mais bonitos que sempre guardamos na expectativa de usá-los em uma ocasião especial, mas esta nunca vem. *nós éramos a ocasião especial, meu bem, esperando para existir.* para se perceber.

hoje somos pessoas no presente com memórias e questões do passado. minha terapeuta costuma dizer

verdade muitas vezes. me faltou te olhar nos olhos e pedir que tentássemos ir sem raiva ou desafeto, sabendo sempre como conversar. não soubemos. não sabíamos como revelar todas as versões que tínhamos dentro da gente, de desejos enclausuramos pela culpa, de movimentos que queríamos fazer, mas não batemos no peito para bancar. eu queria ir embora e você também. mas você também se traiu. porque queria ter terminado há algum tempo, para preservar o nosso amor e tudo o que fomos juntos quando viver no plural ainda fazia sentido. porque queria ter me dito que você já era outro e neste outro não cabia eu. faz parte da vida compreender que estamos em constante mudança e que muitas vezes o outro simplesmente não consegue acompanhar. e eu já não conseguia. e quando terminamos, fomos as piores versões um para o outro. você conheceu meu lado mesquinho, ressentido, envaidecido. eu conheci uma versão de você egoísta, despreocupada, alheia. *eu não consegui ter clareza sobre a grandeza do nosso amor porque os nossos erros estavam acima de mim, dançavam feito nuvem sobre um sol muito maior e mais bonito. é horrível a sensação de que manchamos o céu com a feiura de sentimentos que não se resolveram, apenas se entregaram à maneira mais fácil que tinham de existir.* com isso estou querendo dizer que foi muito mais fácil nos agarrarmos às mágoas e tristezas que nos rodeavam do que admitir que tentamos o amor até onde deu e foi. foi muito mais fácil bloquear e seguir a vida do que admitir que nos amamos como pessoas adultas e bem-resolvidas se amam, precisando lidar com o estresse do cotidiano e com as muitas questões que nos atravessaram e que o

olhar a cada espasmo do teu corpo e ao menor sinal de
que a ansiedade poderia voltar. você, adormecido em
sonho, carinho, expansão do amor.

eu nunca te disse, mas poucas vezes me senti tão íntimo
de alguém e em alguém. como se eu pudesse te mostrar a
minha nudez e não me envergonhar dela. como se você,
também dotado de humanidade, diante de nós pudesse se
despir.

se puder, por favor, me coloque num lugar bonito, livre
da ordinariedade mundana. e nos prometa silêncio
quando quiserem de ti alguma resposta para o que
fomos ou tivemos, por respeito que existe a tudo o que
construímos, mas tivemos que deixar para trás em face
do seguir em frente.

das vezes que traição foi fome em nossa boca. quando
eu te machuquei por ocultar a verdade de que eu estava
infeliz ao teu lado e fui vivendo os dias escondendo de
você e de nós que eu precisava escolher outro caminho.
que era necessário partir, agora sem o calor da tua voz
na minha nuca pela manhã ou conversas tarde da noite
sobre política e formas de se relacionar. eu errei contigo.
eu me traí ao fingir certa felicidade ou resignação com
o relacionamento nem tão feliz que começamos a ter.
você se atrasava para o jantar e acordava mais cedo para
ir trabalhar, eram formas de esculpir o desencontro.
eu ficava horas sem te responder no celular, ignorava
os sinais de que caminhávamos rápido demais para o
precipício, meu desejo crescia para outros sentidos,
eu me deixei enganar por falsas alegações. me faltou

uma vez mais. porque acontecia de nos separarmos, ficarmos distantes, alheios, longínquos, abismais, frios, e no entanto a vida sempre se encaminhava de nos emparelhar, colocar frente a frente, suscitar em nós uma vontade de permanência. eu chegava à tua casa, você jogado no chão de bruços, lágrimas esparramadas pelo tapete, o suor escorrendo pelo rosto com a mesma facilidade que um pássaro tem de sobrevoar abismos, o fôlego tentando voltar à tona. eu te segurava em meus braços, apoiando tua cabeça no meu peito e aos poucos, lentamente, o ar começava a serpentear novamente pelos teus pulmões. a respiração, uma vez mais, voltando a te colocar no mundo. o silêncio de quando tudo parece estar no lugar imperava no apartamento. não era preciso dizer palavra alguma ou levantar acusações ao ar. não era preciso dizer que se estava com saudades, porque se estava, e que um era importante na vida do outro, porque sabíamos que éramos. não era necessário encenar mágoas, materializar ressentimentos, alimentar conversas sobre perdão. *estávamos maduros e curados de satisfações.* eu não queria saber com quem você estava, quais eram os corpos que te bebiam e você também não me fazia perguntas, não tripudiava sobre minhas solidões. éramos e estávamos crescidos a ponto de nos amarmos sem sufocar. estávamos conscientes de nossas escolhas, de cada erro que cada um errou, de cada momento em que se precisou recalcular rota, dar um passo atrás, repensar atitudes e gestos que, naquele momento, já não fazia sentido reverberar. e você foi voltando a ficar bem, o tremor diminuindo conforme o abraço foi se alongando, o afeto esticando-se na ponta do pé. depois, dormimos juntos, eu te cuidando com o

precisando descansar. e ali, naquele instante, havia
uma viagem dentro de outra viagem. um momento
envelopando outro, criando memórias letais que
carregaríamos para o resto da vida. eu me sentia seguro
no mundo porque você estava comigo, ao meu lado,
não apenas dirigindo o carro, como também o rumo
de nossas vidas; o desejo de nossos corpos que, ao
chegarem ao destino, colidiriam, provando ser possível
habitar o mesmo desejo e, ainda assim, permanecer
intacto, solene, ciente daquilo que gostaria de se possuir.
eu queria possuir cada centímetro do teu sorriso, do
teu bom humor, dos teus olhos aguados e cheios de cor.
eu queria possuir a maneira bonita com a qual você
falava, as palavras todas saindo de sua boca, teu jeito
de me explicar fenômenos meteorológicos e correntes
filosóficas da Grécia antiga. as tuas mãos no volante,
na minha perna, nos meus sonhos de como seríamos
felizes, intensos e para a eternidade. tuas mãos no *gps*
do carro, nos mapas de trânsito e do meu destino,
na minha fé no amor e em toda a humanidade, nos
caminhos que nos levavam até àquele momento e aos
próximos também.

se puder, por favor, me guarde em uma parte tua
secreta, íntima, aonde ninguém vai. e não deixe de
recordar as vezes que você me ligava, desesperado,
tarde da noite, porque mais uma crise de ansiedade
batia à tua porta. a falta de ar criando corpo diante da
ligação, as palavras desencontradas de tudo, menos
de mim. e pediam ajuda, socorro, alento. e eu corria,
levantando da cama e tirando o pijama o mais rápido
possível, porque queria te ajudar, mas, sobretudo, te ver

desimpedidos das etiquetas sociais, obrigações morais, religiões ou fés excruciantes. acreditávamos em nós, tão somente em nós, e por isso cotidianamente nos salvávamos.

você saía mais cedo do trabalho, passava em casa para me buscar, e as três horas que separam o Rio de Janeiro de Búzios pareciam três anos, os mais bonitos que poderíamos ter. ali aconteciam vidas inteiras, enquanto nossas mãos se tocavam e dignificavam o afeto entre duas pessoas que não se importavam com os rótulos, a nominação mais adequada ou justa a quem pudesse interessar. você me chamava de *"meu amor"* e eu te chamava de *"meu bem"*, os olhos apertados de adrenalina, o tesão escalando paredes e modificando códigos genéticos, o mundo parecendo esmaecer perto do que construíamos na atmosfera do espaço, mesmo sem perceber.

você me contava piadas sobre seu chefe e eu te atualizava sobre os últimos acontecimentos na agência em que trabalhava. você discorria sobre a ansiedade em receber a notícia de que seria promovido ou não; eu respondia que na minha mente você merecia todas as promoções possíveis, porque era irresistível te ver feliz e vencendo. você sorria profundo, profético, engasgando a voz e rebatendo que eu era a única pessoa que enxergava tamanha capacidade e emoção em ti. e continuava: *"eu venci desde o primeiro momento que te encontrei"*. você elevava o meu espírito, permitia que autoestima fosse a cidade natal da minha mãe, lugar para onde eu volto sempre que me sinto inseguro e

onde quer que você esteja I

se puder, por favor, me guarde em uma memória bonita.

de dias em que fomos tão felizes que o universo se dissolveria com a força de nossas risadas. os decibéis da felicidade ocupando o espaço do teu quarto, do meu peito, alimentando de paz os dias seguintes a nós dois. eu sabia que você seria o amor da minha vida antes mesmo do nosso segundo mês de namoro e que, apesar do que pudesse acontecer conosco, a tua imagem cristalina como água permaneceria gravada em mim feito mármore.

se puder, por favor, me ponha num sonho bom. nos últimos segundos antes da consciência adormecer e teu corpo adentrar noutra dimensão, inconsciente, e por isto mesmo, ausente de mim.

das viagens que fazíamos de repente, sem planejamentos ou grandes arquiteturas. você me ligava na sexta à tarde e dizia: *prepara as malas, este final de semana nós venceremos o mundo e iremos para o litoral.* e durante três dias, poderíamos ser presos por cometer o crime mais perfeito de todos: amar sem medida, livres e

o nosso amor só consegue permanecer intacto se existir apenas na lembrança de quando foi bom.

para habitar o escondido do próprio interior, cidade
onde vivem os tesouros mais preciosos que alguém
pode manter

compreende o que estou dizendo?

você pode não perceber com frequência
mas é a dona do próprio destino
senhora de todas as suas dores
a cura para as mais profundas desilusões.

este é um corpo que cai mas continua dançando

tentar novamente o amor,
tentar uma vez mais a vida e o pôr do sol
e novos lugares para fazer aquecer o coração
e risadas com amigos antigos
e risadas ainda mais vibrantes
com amigos de poucos dias, então talvez este texto não
estivesse aqui

você é a heroína da sua própria história,
aquela que viu a própria morte algumas vezes, mas
permaneceu viva, desbravando os dias nem tão bons,
engolindo todos os fracassos para ser capaz de lidar
com as imensas vitórias que viriam te coroar no futuro,
almoçando com todas as desilusões amorosas que
perfuraram seu coração porque sabia que o estômago
tinha fome e, às vezes, matá-la significava digerir o que
te machucou para poder seguir em frente,
oferecendo ao próprio corpo
a energia necessária para se curar

você foi quem desaguou poesia
quando tudo ao seu redor
era desértico demais para tornar vivas as tuas emoções
aquela que, por amor a um propósito maior de vida,
mesmo sem sentir ao certo o seu gosto na ponta
da língua, alimentou o próprio corpo
com sonhos incorruptíveis e
saciou o desejo com mergulhos
profundos e inescapáveis
para o interno de si mesma
para ser arrebatada pela precipitação geográfica do
próprio peito

o mundo não testemunhou a palavra coragem se
materializando em seu caminho quando você voltou a
confiar na própria intuição outra vez, no instante que fez
silêncio para ouvir aquilo que todas as suas versões do
passado tinham para te dizer
porque você precisava ser destemida para se reconciliar
com partes abandonadas de si, porções que precisavam
do seu afeto e que só encontraram pois as suas mãos, no
dia a dia das horas infernais, ofertaram escuta,
autocuidado, vontade de evoluir
desde então, bravura tem sido a sua casa
país para o qual você leva a sua quebradiça humanidade
e lá se permite descansar

aqueles que te amam não sabem das vezes que você
cogitou a possibilidade de ir morar em outro lugar,
talvez mais calmo,
menos pesado, mais fácil de viver
um espaço que não exigiria de você discursos
inadequados ou uma presença pela metade:
um território onde seria possível
existir inteira, mesmo despedaçada,
existir completa,
mesmo faltando partes de si
pois a vida é sobre ir se perdendo pelo caminho e
se refazendo nos recomeços que o próprio coração
inventa de arquitetar

entende o que eu falo?

se não fossem todas as vezes em que você decidiu se dar
outra chance — de viver, respirar, sair de casa,

dormir e adormece abraçada ao medo de não caber,
nenhum ouvido cuidadoso dará as mãos para as
suas angústias barulhentas, nenhuma mão alheia te
aliviará do peso que é dançar com uma
intensidade que te acompanha por anos e não conhece
outro corpo para fazer de par, chamar de seu

porque ninguém sabe das vezes que você correu
para o banheiro da faculdade para chorar por ela,
um oceano desabrochava impassível no teu peito,
e a ansiedade segurava o teu pescoço enquanto você
olhava para o espelho e pensava: *"meu deus, me ajuda a*
sair deste buraco uma vez mais, eu te imploro"
e nos dias seguintes uma luz do tamanho
da aurora boreal
se deitava delicadamente sobre a sua pele,
a paz de uma cidade solar te vestia com a mais
confortável das roupas

ninguém sabe dos dias em que você quase não conseguiu
se levantar da cama, mas ainda assim pôs de pé os ossos, a
esperança e a fé no amanhã pois compreendia que o dia te
esperava e a vida seguiria apesar das feridas do tamanho
do nome dele
e as pessoas no trabalho faziam comentários sobre o
brilho do seu sorriso, a curvatura da sua gentileza,
a serenidade com que a sua presença desfilava por onde
quer que caminhasse

era necessário transbordar graça em meio a tantos
desmantelamentos

é você quem se pega no colo

é você quem, inevitavelmente, se pega no colo depois de
se jogar de cabeça nos braços de alguém e se enxergar
remando sozinha no barco da reciprocidade
o mar imenso de expectativas à sua frente
a travessia que apenas seus braços são capazes de realizar

é difícil chegar ao outro lado da decepção e, ainda
assim, continuar acreditando no amor como você faz

quem acolhe as próprias lágrimas pela manhã após
enviar a última mensagem e receber como reposta o eco da
própria projeção, o corte no cordão umbilical da conexão
que você tinha com ele e, agora, vai se desfazer no vento
para nunca mais voltar

quem fala para si mesma:
"calma, calma que vai ficar tudo bem",
ainda que um mundo de tentativas frustradas esteja
sobre os seus ombros,
retirando sua autoconfiança do lugar

você sabe que se não for a pessoa que oferece atenção às
próprias dores, a que ouve cada choro pouco antes de

este é um corpo que cai mas continua dançando

provará de bocas e beijos e texturas
e novos jeitos de chegar ao céu
e ao centro do prazer

descobrirá novos hobbies
vontades de se tatuar, adotar um cachorro
comprar uma passagem só de ida para
um lugar que nunca ouviu falar
praticar novos idiomas e novas formas de se cuidar

a você serão ofertadas oportunidades
maneiras de recuperar a autoestima
perdões para que enfim consiga seguir
inteira e impregnada cada vez mais de si
e dos próprios desejos

não ceda agora
você tem um longo caminho pela frente
e estamos apenas no começo da jornada.

porque acreditar é supor que a crença
te salvará do dia seguinte
pegará em sua mão
dirá: *por favor, por favor, por favor*
                    apenas siga em frente

na vida teremos de seguir muitas vezes
com o coração mutilado e as esperanças
assoladas pelas expectativas dos outros
e, ainda assim, encontrar razões de a
respiração permanecer funcionando, indo e vindo
como se fizesse da cura um monólogo
repetido e sem fim

você ainda tem as lágrimas para
molhar de cura o corpo cansado e ferido
e as palavras da sua mãe te recolhendo
do mundo, te colocando no colo, te ninando
em noites cuja traição te fará lembrar do assombro
e de como foi maltratada tantas e tantas vezes

você tem as ligações da sua terapeuta para te dizer
que tudo vai passar e ficar bem
as horas extensas de um processo
maior e mais profundo
de dias em que você vai se desmanchar
inteira na frente dela
mas juntas encontrarão confrontos e confortos
para serem almoçados e jantados nos dias seguintes

você começará uma nova faculdade
viajará para uma cidade desconhecida

de sensibilidade tudo o que em você é
poro, solo fértil para prosperar

todas as vezes que fará do amor sobrenome
e proteção para enfrentar a seca perene
dos que nunca se derramaram de emoção
ou rasgo de mundo
dos que nunca atribuíram fé a um casal
dançando emocionado no meio da rua
dos que nunca choraram de angústia ou medo da falta

porque falta tudo agora
e isso é o que acaba contigo

você ainda tem todas as pessoas
que te atravessarão feito lança
e delas recordará presença, cheiro, memória e afeto
recordará de conversas construídas às 3 da manhã
em lugares inóspitos e contextos
inesperados: em fumódromos de alguma festa,
na casa de algum conhecido,
sentada no meio-fio, esperando o ônibus passar

conversas que brilharão em teu peito sinais
de que é preciso fazer alguma coisa com a sua vida,
tomar decisões importantes, recalcular rota e cenário,
voltar a acreditar

porque é necessário acreditar em algo, qualquer espanto
que faça o corpo buscar por motivos
para manter-se vivo e pulsando
vivo e pulsando

você ainda se tem

você ainda se tem
e isso é muito

e tem todas as risadas que dará
em mesas de bar com amigos que não
vê há meses
em sábados ensolarados e brilhantes
o som alto e profundo de alguém que
valoriza o tamanho do próprio sorriso,
a largura da felicidade das pessoas
que ama e quer bem

as viagens que fará para os lugares dos seus
mais impossíveis sonhos: Nápoles,
Cidade do México,
Belém do Pará
para dentro de si mesma e
para o coração daquela pessoa que te viu
nua e não foi embora

ainda tem todas as lágrimas que vão
molhar seu espírito de esperança e inundar

mas você permanece especial

você ainda é a garota de olhos arregalados diante da
notícia que passou no vestibular, no auge dos 17, o
coração imerso em felicidade e as mãos cheias e os
olhos como dois botes salva-vidas no meio do mar

a pessoa que apontava para as estrelas na infância e
inventava histórias, criando roteiros de como seria a
primeira a pisar na lua, a primeira a abraçar o sol

você continua carregando todas as versões
que lutaram históricas batalhas para te ver aqui
e muitas outras estão à sua espera para te celebrar

para que você jamais se esqueça de dançar sozinha
na cozinha de casa
ou no terraço do prédio mais alto da cidade
para que continue lembrando de sorrir bonito diante
de uma esperança ou sonho de viver
para que volte a sonhar com a própria cura e a
dimensão do seu
propósito na vida.

este é um corpo que cai mas continua dançando

alguém que se emocionava ao ver duas pessoas afogadas
em demonstração de afeto
se permitia ficar emocionada ao presenciar alguma cena
em que gentileza era o principal objeto da fotografia
sentia o palpitar do peito e da pálpebra quando
via no jornal algo que te roubava o ar
como a morte de um inocente

alguém que sublinhou sonhos e nutriu sua adolescente
com as mais criativas formas de contar de que forma
venceria o mundo
e estaria feliz e completa nas próprias escolhas

lembra disso?

você fazia desenhos nos cadernos do colégio
escrevia: quero ser astronauta, arquiteta, cantora, artista,
alguém que se importa

e quando foi que você deixou de se importar?
quando foi que o mundo deixou de te causar espanto?

você já foi alguém que acreditou no amor.

pensava em viver uma vida inteira ao lado
do primeiro namorado
acreditando ingenuamente que ficariam juntos
pela vida inteira e pelas próximas de tal forma que
quando terminaram, o céu ruiu sobre sua cabeça
e você se jogou sozinha e imparável em suscetíveis
maneiras de se ferir e retirar de si a beleza de uma
existência acesa e especial

me pergunto quando você vai abrir os olhos, se enrolar
com a sensibilidade que sempre te vestiu e diferenciou
quando voltará a dormir aninhada no afeto
dos próprios braços,
que já te reconstruiu incontáveis vezes
e fez arder uma esperança na vida
no desejo por um novo amor
uma nova cidade
um novo recomeçar

eu te olho e te vejo perdida
errando o caminho de volta para casa
entrando em ruas cheias de poças d'água e
casas abandonadas
o desespero em seus olhos para encontrar algo
ou alguém para chamar de lar
buscando na escuridão das vielas sem saída
qualquer fresta de afeto, carinho ou simplesmente
expectativas no amanhã

mas eu quero te lembrar de que nem sempre o desencanto molhou seus olhos

você já foi alguém que se assustava com a beleza de um
poema
encantava-se com a cor do mar em dias de verão e com
a beleza do céu de outono às seis da tarde
você se emocionava ao ouvir *jazz* enquanto fazia o jantar e
dançava desprotegida na cozinha de casa
os pés descalços, o cabelo escorrido e com cheiro de óleo,
o peito sensível e marcado pelas coisas que fazem sentido e
não se importam de caírem no chão

de outras pessoas, é dona de si e do mundo
e, no entanto, volta para casa com a concreta
sensação de que quanto mais entregue e livre parece
estar, mais angustiada e infeliz parecem ser

seus amigos se esqueceram de te ligar para perguntar
por qual razão você começou a tomar remédio para a
ansiedade
por que motivo tem uma tristeza espessa agarrada aos
cílios
toda vez que oferece um sorriso e diz que está bem

você está bem? de verdade?

faz tempo que o teu sorriso ficou preso em uma
memória antiga, de quando os relacionamentos eram
menos difíceis e você viajava fácil para dentro
de si mesma, nem que fosse para buscar alívio,
reviver encantos perdidos, recuperar alguma paz

e o problema é que agora nem você acredita haver
paz em si ou no mundo, não consegue confiar que o
processo é tão bonito quanto o propósito
não consegue olhar para o caminho e compreender que
para tudo há uma razão,
mesmo que não consiga enxergar isso agora

você finge tão bem estar em paz com o caos explodindo
em teu peito, com a ausência do amor
e a falta da pessoa que um dia foi
que me pergunto até quando você continuará existindo
aguada, moída, desencantada

você está sozinha outra vez

você está sozinha outra vez.
despencando de andares e expectativas que
você mesma criou
para alimentar a boca que em seu corpo sempre foi
faminta do universo
dançando em terraços vazios de prédios cheios e mais
altos do que o horizonte que consegue avistar
chorando lágrimas pesadas de términos e dores que não
conseguiu contar a ninguém

ninguém acreditaria que a pessoa forte das redes sociais
chora com a mão costurada na boca
agachada no banheiro de casa,
enquanto a vida lá fora pesa o comprimento de um
litoral carioca
enquanto o mundo pede postura e paz ao mesmo tempo
que é palco para guerras
que continuam interrompendo recém-nascidos
bebês cujos rostos não estarão nos livros de história

você fuma um maço de cigarro por dia na esperança
de que a nicotina te traga de volta a uma espécie
de coragem ou vontade de viver
você atola esperanças em finais de semana que te darão
tudo, menos presença
você vai a festas, encosta a língua na intenção

este é um corpo que cai mas continua dançando

as folhas, prestes a escaparem dos galhos,
dando as mãos
para a primavera, elas também estão torcendo
por você!
não desista. fique firme!
faça novos amigos, refaça amizades antigas, comece
uma verdadeira amizade consigo mesma.
a vida só se torna mais suportável quando
entendemos que não somos
nossos próprios inimigos. que, na verdade, quanto mais
rápido nos reconciliarmos com todas as nossas versões
anteriores, melhor o caminho; mais bonito o processo.
fique viva.
se escute quando precisar de cuidado. e leve seu corpo
para um lugar de amparo, nem que ele seja os braços
da melhor amiga, a escuta de uma mãe atenta à filha,
a paz de quem te quer bem e infinita.
é só uma fase, eu te prometo. as coisas eventualmente
melhoram. a vida eventualmente melhora.
fique viva.
cerque-se de quem vibra ao te ver inteira, mesmo
que fragmentada pelas questões do mundo.
e não se esqueça: o amanhã é uma promessa que a gente
se faz na esperança de acordar e tentar uma vez.
tente a vida de novo.
estamos aqui ansiosos para te ver vivendo em plenitude.

fique viva

escuta
isto é um pedido: *fique viva.*
ligue para sua mãe, peça colo, chore o que te incomoda,
coloque para fora a mágoa que te habita e já faz
parte de quem você é.
saia para passear com esta dor. ande com ela pela orla
da praia, vá à faculdade, faça com que ela se canse de estar
há tanto tempo morando em seus ombros.
fale dela para os seus amigos, não fique guardando
terremotos e furacões dentro de você
por medo de incomodar.
peça ajuda. fique viva.
aprenda uma nova habilidade. descubra novos livros.
reconheça novos lugares: parques, ruas, as calçadas
do próprio coração, as vielas da própria força.
novas músicas te esperam para se tornarem suas
favoritas, para que depois você enjoe e se apaixone
por outras e o ciclo comece novamente.
há sonhos que te esperam lá na frente porque sabem que
você será corajosa o suficiente para persegui-los,
torná-los reais.
você não percebe?
as estrelas no céu torcem por você!

grite na sessão de terapia, faça uma reunião entre os seus melhores amigos, anuncie a cólera que te faz companhia há meses: algo não está bem. diga a eles que te falta vontade de viver muitas vezes. que a vida tem te esmagado de uma forma que você se sente com o rosto pressionado contra a parede, assaltada por terremotos, todos eles, que acontecem ao mesmo tempo, porém que te roubam de diferentes formas, causando-lhe dores das mais diversas e impossíveis de pronunciar. então *chore chore chore chore chore chore chore chore* até que boca e lágrima não tenham distinção alguma. até que sua voz se perca entre as marés de dor angústia ansiedade dor trauma e tristeza. até que você, humana, ame em você a porção sensível do mundo, este que de todas as formas tenta te tenta apagar a tua existência. até que através de você os outros também possam reconhecer que são capazes de sentir.

este é um corpo que cai mas continua dançando

leve. não sinta vergonha de ceder ao furacão que dança
na tua pele, rodopia pensamentos de quando será a
hora certa para digerir tudo o que você carrega dentro
e que não conta para ninguém. ninguém sabe que você
foi parar no hospital algumas vezes. poucos sabem que
você permaneceu semanas na cama com uma depressão
profunda, espessa, infinita como os oceanos, e tudo
o que você tinha era a si mesma e a esperança de que
em algum momento o dia seguinte não lhe doeria tão
forte a ponto de impedir que levantasse da cama. você
não contou para quase ninguém que ficou anos árida,
seca, drenada e sem vida, esperando a morte das coisas
bater à sua porta para te levar embora. você dizia: *dessa
vez eu não aguento, dessa vez eu vou embora*. lembra?
dos períodos sombrios em que você foi embora da
única casa que te abrigou todos estes anos? te fizeram
acreditar que você não era merecedora de habitar o
próprio corpo. receber a graça celestial e divina de
um deus que nunca esteve preocupado com perfeição,
pelo contrário, sentava ao seu lado todas as noites,
antes de dormir. eu sei que você carrega o peso de uma
solidão que não tem bem um nome, fica rodopiando
o perímetro da sua casa, do seu coração, da sua vida.
para onde vai, um vazio astronômico te mede o espanto,
faz sombra, te sussurra no ouvido: aqui estou. porque
falta tudo e a vida adulta é uma eterna agonia de todos
os acúmulos emocionais que não contamos aos nossos
pais para não preocupá-los. e para não preocupar
os nossos amigos, silenciamos traumas da infância e
calamos todas as calamidades que nascem na superfície
da existência. abandone a vergonha de ser inteira
em sua própria dor. de ser irreparável, incontestável.

sua dor é válida, sim

meu bem, você consegue perceber? *a sua dor é válida, sim*. o choro aguado da semana passada, aquele mesmo que você prendeu, baixinho, antes de dormir, para não incomodar os outros e para não provocar em si mesma rebeliões: é válido também. você não precisa se culpar por desabar de vez em quando, entre uma hora ou outra de trabalho, entre um abandono e outro que vai recaindo sobre você, porque uma amiga se distanciou e o amor da sua vida foi embora. é muito, compreende? para digerir, para abraçar com o seu corpo pequeno, finito. deixe doer, deixe vazar, deixe que te inunda e te transborde inteira. permita que a lágrima corra para fora de você e te afogue nesse rio. porque se não for agora, quando é que você vai se permitir ser humana? quando é que você vai se permitir ser menos máquina, equação matemática e maré baixa mesmo quando o momento pede por desabamentos? você é livre para sentir aqui, deste lado da vida, que há humanidade e onde todas as nossas vulnerabilidades não serão diminuídas. chore a traição de anos atrás, a maneira abrupta com a qual você foi deixada, no pé do altar, no altar de promessas que te foram feitas à noite, sob céus estrelados e expectativas de que o amor seria bom e

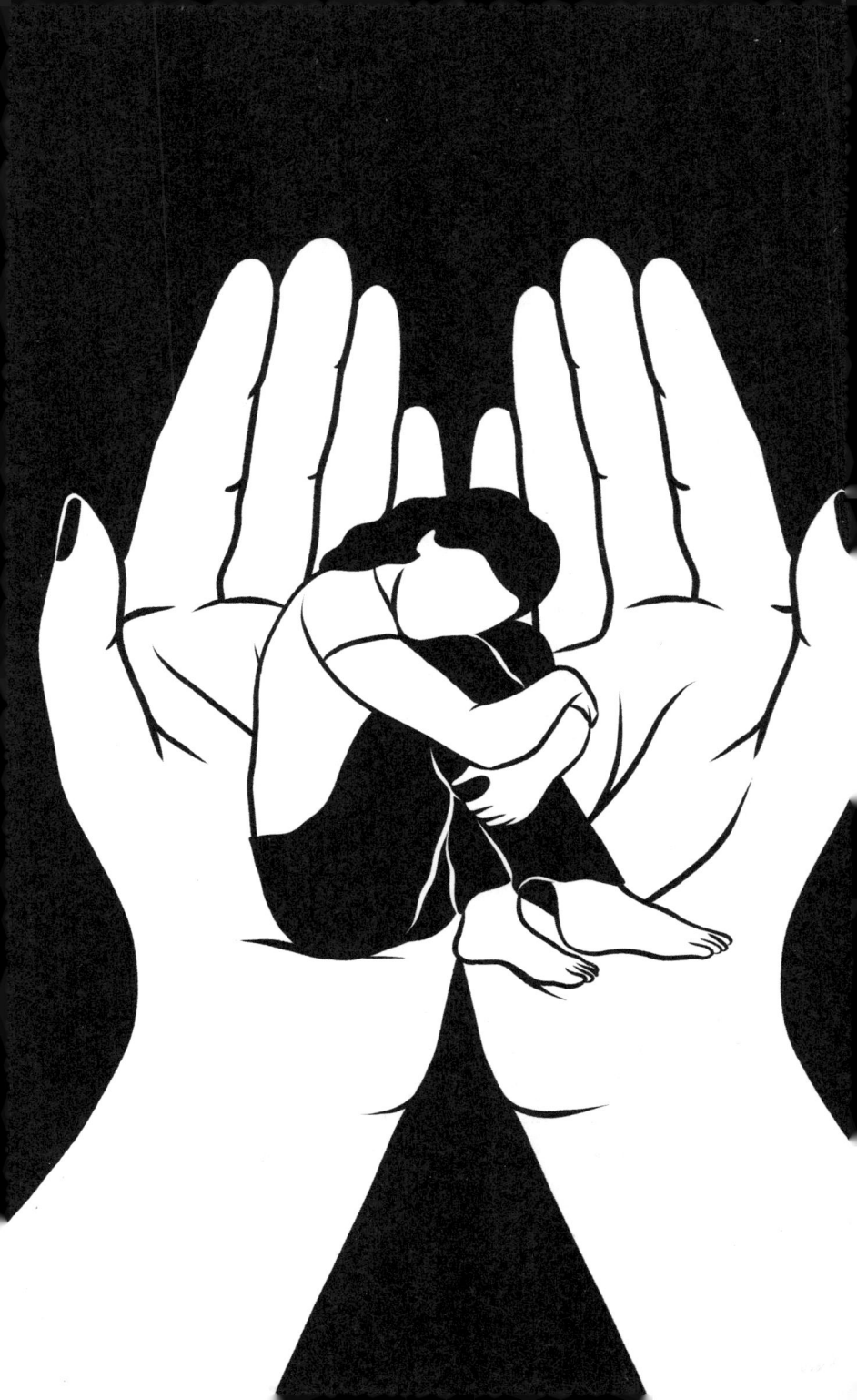

antes de morrer agora
você já havia morrido muitas e muitas vezes
pensando que ali seria o fim da vida
e o fim do amor
para depois continuar vivendo como se precisasse
preencher a todo custo o espaço que o mistério
da existência sempre lhe impunha
a lacuna do imprevisível que te mantinha de pé
e a beleza do que não parava, nunca,
de te assustar o coração.

Dança

é urgente

não domesticar os desejos
não ter medo da verdade
não se fechar para o amor

a partida é, muitas vezes, sobre o outro. a forma como ele sumiu sem verbalizar, que desistiu sem te avisar, que mudou de ideia sem te comunicar, tudo isso é dele. está impregnado em todas as suas células, a vergonha de assumir riscos, de vestir a roupa da responsabilidade. é o que ele é e o que ele sempre será.

você, por outro lado, está livre. foi liberta da necessidade de estar com alguém que a você não conseguiu oferecer o mínimo, que é a verdade. foi liberta da necessidade de estar com alguém que não queria estar ao seu lado, e a isso dê graças. agradeça por ter se emancipado de quem que não consegue olhar em seus olhos para admirar a pessoa sensível e disposta ao amor como você.

é preciso coragem para colocar o coração à prova, a fé como alvo da desilusão. para acreditar uma vez, ser ferida, dessensibilizada, mas voltar à tona para respirar e dizer: vou tentar novamente. é preciso saber de si e da emoção que carrega na própria pele. é necessário mais coração e menos ego, mais vulnerabilidade e menos orgulho, e isso você tem demais. o hoje te pede para que você se acolha com carinho e afeto, sem retroceder o que sua essência é, a vida que em você é imensa. se lembrando da completude que te habita independentemente se o amor de alguém está aqui ou não. lembrando que antes dele você já era completa. antes em você já habitavam o mar, os sonhos, o riso alto e a vontade de ser infinita.

você vale a verdade e a ternura e o amor.
você é merecedora de alguém que queira ficar.

agora, que ele subtraiu presença de novo, sumindo da sua rotina da mesma forma que uma nuvem abre espaço para o sol se manifestar, você volta a se questionar sobre tudo o que poderia ter feito, o que deixou de fazer. encara o celular e a última mensagem visualizada e não respondida. almoça e janta culpas indigestas pois é mais fácil se martirizar do que olhar para o lado de fora da janela e responsabilizá-lo pelo descaso com que ele te tratou. como se você não fosse merecedora da verdade ou, pelo menos, da honestidade civilizatória de qualquer e toda relação: é a palavra que antecede o movimento, é aquilo que se diz que petrifica no coração, impregna na memória. porque agora você chora desolada para a sua mãe, contando que foi estúpida por acreditar, sem compreender que acreditar é a primeira premissa do amor. é em razão de acreditarmos que saímos de casa, atravessamos cidades e desertos atrás do amor, preenchemos a rotina com a luminescência da paixão, permitimos que o outro nos atravesse e permita nos irrigar com carinho e ternura. você não está pedindo demais ao querer uma brecha de honestidade na maneira como se vai embora. um fio de sensibilidade na partida para não deixar a cama e o coração assim, tão desarrumados.

a maneira como vão embora quando o fim acontece diz muito sobre a intuição dos dias anteriores. e quando somem, assim, subitamente, sem explicações, é natural que o corpo queira correr, desesperado, atrás de respostas, insatisfeito com o buraco no peito que ficou. morrendo esmagado pela ansiedade em procurar por motivos, mas não encontrar nenhum. *porque veja bem:*

assim, você ofereceu a ele, novamente, acesso a uma parte que poucos têm. a parte que conseguiu reconstruir, o país agora com fronteiras, bandeiras vermelhas e a inteireza de se perceber mais forte e menos entregue a qualquer fresta de afeto. você deixou que ele, uma vez mais, voltasse para a rotina dos teus dias, reconhecendo uma versão sua que estava a salvo, curada e pronta para outras pessoas, que poderiam te oferecer lampejos de cuidado e amor que ele jamais ofereceu.

vocês voltaram a sair, transaram algumas poucas vezes, a conversa tornou a fluir sem que nada parecesse desconfortável ou ausente de intimidade. ele te viu nua e desprotegida. ele beijou suas mãos e te prometeu sonhos e reinados inesquecíveis. ele te vestiu de esperança e falou a palavra *relacionamento*. ele até queria: te apresentar para a família, elevar seu nome na roda entre os amigos, te tornar sua namorada, a pessoa a quem ofereceria carinho quando tudo ao redor parece ceder em desafeto. ele colocou a música para você dançar e você, encantada com lapsos de ternura e atenção, dançou.

o problema é que agora você dança sozinha sob o som da própria solitude, vazia e frustrada porque um dia acreditou. hoje não há mais conversas espaçadas, planos para a semana que vem, mensagens durante o dia perguntando se tudo vai bem no trabalho. não há a adrenalina porque você o encontraria na sexta-feira para passarem um final de semana leve e eterno. não há a certeza de que finalmente alguém te leva a sério, não apenas para a cama, para a frágil fantasia da reciprocidade e da vida a dois.

corpo o motivo de tamanha rejeição. você não conseguia perceber, mas era a primeira a se violentar com tantos questionamentos. a primeira a entrar no ringue para lutar a pior das batalhas: consigo mesma.

e ele voltou como se nada tivesse acontecido, semanas depois, ignorando que a ansiedade havia te tornado uma amiga íntima, a única companhia por dias a fio. ele retornou quando cura em teu peito havia se tornado um mantra cuja repetição acontecia na terapia, nas conversas entre amigas, em diálogos profundos consigo própria pouco antes de dormir. você se repetia que tudo ficaria bem, mesmo que pudesse sentir o gosto amargo das lágrimas descendo pelo rosto, era o gosto das expectativas que nunca se realizariam. tinha produzido em si mesma uma força para esquecê-lo que, por vezes, nem acreditava que a dor de ter sido abandonada sem explicação alguma estava indo embora também. deus já não ouvia o nome dele dançando em seus lábios. seu perfume já havia ido embora dos lençóis, nenhuma digital comprometia o perímetro da esquina da tua vida ou do teu peito, nada sobre ele era capaz de te ferir profundamente. no entanto, quando ele voltou a te procurar, contando sobre algum imprevisto no trabalho, algo como *"a vida adulta corrida e que não para"*, você acreditou porque parecia doer menos uma mentira inventada do que a verdade crua e indesejável de que ele estava brincando com suas expectativas. de que talvez ele estivesse manipulando seus sentimentos como se fossem fantoches, fáceis de serem controlados. em algum lugar, na superfície da própria consciência, algo te dizia para se proteger e proteger o seu orgulho, mas mesmo

desta vez dói mais

desta vez dói mais porque você acreditou que ele
mudaria. as palavras dele dizendo que não sairia nem
tão cedo da sua vida agora parecem não fazer sentido
algum, são rastros da mentira que um dia suas mãos
agarraram com a fé de quem quer muito acreditar na
mudança. crer na permanência pois, por um instante,
ele te olhou nos olhos e você se sentiu especial.

quando ele sumiu pela primeira vez sem dizer nada,
em uma sexta-feira à noite onde vocês marcaram
de se encontrar no centro da cidade, seu choro foi a
única música ouvida pelo prédio por duas semanas
consecutivas. você caía no abismo de se perguntar se
o problema estava na intensidade que te espreita feito
sombra. na maneira como se expressa, no sentimento
que, em você, nunca é escasso ou tardio. se questionou se
sua vontade de ser amada o havia afastado, empurrado
para o medo da entrega compromissada com o que
é mais profundo e demanda coragem. chegou a se
perguntar se era algum problema com a aparência,
talvez o sorriso torto, os dentes nem tão alinhados, a
pele do corpo em excesso. o que em você precisaria ser
mudado para que ele ficasse, apontando para o próprio

a partida é, muitas vezes, sobre o outro. a forma como ele sumiu sem verbalizar, que desistiu sem te avisar, que mudou de ideia sem te comunicar, tudo isso é dele. está impregnado em todas as suas células, a vergonha de assumir riscos, de vestir a roupa da responsabilidade.
é o que ele é e o que ele sempre será.

o que eu faço agora que você partiu
eu me pergunto

pois você me disse "te amo"
e eu quis correr pelas ruas da cidade
mas hoje todas as luzes do bairro estão apagadas
em respeito ao nosso fim
e o buraco no meu peito não é capaz
de iluminar nenhuma casa
incendiar nenhuma rua
acender desejo algum

pois quando você falava sobre detestar
objetos muito frágeis e passíveis de queda
eu só conseguia pensar que era sobre o nosso
amor ao qual você se referia
éramos nós a metáfora
que éramos nós caindo no chão para nunca mais voltar

porque agora, voltando para casa,
eu só penso que deveria ter te espalhado
pelo mundo antes de te perder

hoje é domingo
dia de São Jorge no Rio de Janeiro
mas não há festa, não há sossego
e como você
passei a detestar feriados que caem
em pleno final de
semana também.

este é um corpo que cai mas continua dançando

mas agora eu já não sei

eu não sei o que é ter alguém com quem posso
ser de verdade sem querer me esconder
eu não sei o que é ter alguém para ligar às três da
manhã porque não estou conseguindo dormir e tenho
insônia
eu não sei o que é ter alguém
com quem dividir o volume
da minha risada ao assistir qualquer vídeo
engraçado na internet ou compartilhar a foto
de um trecho de algum livro que me comoveu
o que é ter alguém com quem dividir os 4 pães que
compro na padaria e os 2 litros de leite que já não
consigo beber sozinho durante a semana
a quantidade absurda de comida que ficou aqui depois
que você foi embora
o som do silêncio quando todo o resto também parece
ter ido

agora eu já não sei o que é me sentir seguro porque
alguém prevê todas as minhas quedas antes mesmo
que eu pense em dar algum passo rumo ao precipício
o que é ter alguém com quem pedalar pela orla da praia
em dias morosos e um pouco mais sensíveis
alguém que me ofereça o ombro calado e prestativo,
o ouvido sensível e preocupado, as mãos atentas e
ansiosas em curar
alguém para emprestar o peito, para me permitir deitar
tormentas e ansiedades
inseguranças e choros pesados
angústias e medos sobre o futuro

preparava um café para tomar
enquanto acompanhava a história
e de repente você aparecia na porta da minha casa quase
à meia-noite dizendo que queria dormir aqui pois
sentia falta de dormir juntos
e já não conseguia se conter em
saudade falta ausência

você detestava ausências
dias cinzas
cigarros eletrônicos
espaços na cama
e silêncios muito longos na linha telefônica

você detestava feriados em pleno final de semana
conversas mal resolvidas
bagagens muito cheias e aeroportos com suas pessoas
arrogantes e metidas a uma elite fantasiosa
você detestava chuvas muito fortes
e tudo aquilo que é frágil demais
a ponto de se quebrar e nunca
mais ser recuperado

e de repente você me pegava no colo enquanto íamos a
qualquer restaurante do bairro
e me beijava o rosto
segurava minha mão preparava o voo:
era na certeza do toque que o teu amor me vestia
era na imanência do teu afeto
que eu sabia como existir no mundo
era no calor do teu abraço que em mim
florescia a vontade de me doar

livres e de verdade
abertos e entregues
de sermos reais e honestos um com o outro
como quem entende a importância de sentir nos ossos o
que arrepia a espinha, perpassa o olhar, deixa
viver o encanto

eu estava encantado por você

porque a primeira vez que você olhou nos meus
olhos e disse que tinha orgulho de mim
eu poderia andar a pé da Tijuca ao Leblon
com lágrimas dançando debaixo dos olhos e uma fé
inquebrável na humanidade
nada me tiraria do lugar confortável que era ser
importante para outro alguém
nada tiraria a felicidade que se deitava nos meus ombros
e iluminava os postes
as ruas escuras e sem saída
os prédios abandonados
e enfim os lares dos que nunca se emocionaram
com declarações de amor às dez da noite em plena
segunda-feira

pois eu tinha passado a vida inteira me olhando
no espelho e detestando tudo o que eu via
nutrindo uma relação muito odiosa comigo mesmo
e de repente você estava me comprando flores em um
dia banal de março com um bilhete escrito *"porque sim"*
e de repente você me escrevia um e-mail contando alguma
piada muito malfeita sobre seu chefe e eu,
prestes a chorar de rir,

Feriado de São Jorge

porque a primeira vez que você me disse
te amo
eu quis correr pelas ruas do bairro
e contar a todo mundo que finalmente alguém
havia escolhido ficar
alguém tinha visto o meu pior lado
o mais feio, mesquinho, falho, humano
e mesmo assim se comprometia com a ideia
do amor e da permanência
porque você viu em mim uma possibilidade e
só deus sabe das vezes
em que eu quis ser caminho
destino
ou simplesmente motivo

e você escreveu a palavra *motivo* nas minhas costas
enquanto o vapor na janela do quarto materializava
o desejo dos nossos corpos que já não estavam
preocupados se aquilo, aquele momento,
duraria dois dias ou duas eternidades

não estávamos preocupados com a duração do sentimento,
apenas com a necessidade que tínhamos de sermos

eu fui atrás de mim
quando perguntarem por que
nós terminamos
diga que eu fui atrás de mim

termina pela ausência, falta, espaços deixados na cama,
na memória que já não se lembra do que a fez ficar, no
seio de si mesmo, agora tão alheio à presença do outro,
de modo que nada aqui estremece diante do que vê.

você já não olha para ele com olhos infinitos.
ele já não te ama como te amou um dia e muito antes.
você apenas a observa dançando sozinha na sala
que um dia presenciou pares de pés bailarem
despreocupados e distraídos com os problemas que lá
fora se cristalizavam.
ela já não se importa se a única companhia que a vê
cantando suas músicas favoritas é o corpo insosso da
solidão.

o amor acaba enquanto fazemos feira
comprando legumes e verduras
discutindo sobre quem furou qual fila no caixa
preocupando-se com o peso das sacolas
as muitas calçadas que andaremos para chegar em casa
no centro da discussão essencial

há alguns dias, uma amiga me disse que
"o amor não acaba nunca, ele apenas se transforma"

e embora eu acredite nessa sentença
para mim também é irrevogável e cristalino
que o amor acaba.

e está tudo bem.

este é um corpo que cai mas continua dançando

no fogão, esperando o ritual que os acompanhava
sempre que comiam todos à mesa, prestando atenção
às palavras que saíam da boca do outro. você pensava,
por um instante, que a vida era aquilo mesmo que se
desenhava: a normalidade do cotidiano que acontece na
quietude. era a presença de deus preenchendo de dia a
dia a vida que você sempre pediu.

mas acaba.

o voluptuoso instinto de ligar ao menor sinal de
destempero, quando as lágrimas insistem em cair, mesmo
que o corpo das mãos tentem pará-las de escorrer.
o instante em que você olha para a tela do celular e
deseja que seja ele te mandando alguma mensagem
boba para quebrar o gelo, derretê-lo com a força dos
gestos inesperados e, no entanto, sempre bem-vindos. o
pensamento a todo momento, como se ele fosse o único
país do mundo, o único pedaço de terra que seus pés
desejam reconhecer.

o amor acaba em dias banais de meses indesculpáveis.
no verão, outono, primavera e também no inverno.
em Nova Déli, Sidney, Dublin, Luanda, Marte, talvez
vidas para além desta aqui. em apartamentos caríssimos
na zona sul do Rio ou no centro de São Paulo, em
quitinetes que um dia já abrigaram a euforia adolescente
que permeia todo casal recém-formado. aqui, dentro
de mim, neste momento em que escrevo. aí, dentro
de você, no tempo em que teus olhos leem este texto e
encontram formas de se emocionar.

uma oportunidade de seguir em frente. para então continuar existindo nos jantares indesejados e corridos por falta de tempo e espaço, e seguir se materializando tolo e insistentemente no café da manhã em que tudo se diz, menos as palavras que se querem dizer.

pois o que dizem é o seguinte: *acabou o amor. acabou a vontade, o tesão, o respeito, muitas vezes o pensamento, as razões pelas quais começou.*

e esquece-se do que foi bom, do que aliviou a pele, trazendo calma, alma, tato, cura, vida, tudo. esquece-se do que eriçou os pelos do corpo, do inconcebível momento do beijo, do surpreendente abraço aniquilador de carências. apaga-se aquilo que um dia preencheu o buraco inconciliável do peito, a depressão geográfica que se aninhou no coração e gostou de permanecer. fotos do casamento, o primeiro ano juntos, o terceiro, o quinto. deixa-se de lembrar como era no começo, o início de tudo, os primeiros segundos de arranque do motor, os segundos antes dos primeiros gozos, as vezes que foram muito felizes que fazia incomodar. as pessoas perguntavam: como podem ser felizes assim? e o eco das próprias vozes era a única presença no recinto. as vezes que estiveram presentes um na angústia do outro, companheiros de lágrimas e rumores, fofocas e apreensões, confidentes de falhas e pecados e problemas e dias em que faltava o mundo menos vocês. esquece-se o sentimento de que um dia tudo esteve em seu devido lugar. você se sentava sobre o colo dele, ambos atentos ao desenrolar do filme na televisão, o dia lá fora quente e delicado, e a luz do sol entrando lenta e suave através das cortinas. o cachorro dormindo, em silêncio, e o almoço

amores e células desfuncionais, amordaçados por finais de ciclos, condenados à humanidade que nos constitui.

o amor acaba em pontos de ônibus superlotados, enquanto uns se atrasam para chegar ao trabalho e outros se adiantam para não se perderem, para não perdê-lo. acaba em salas minúsculas de escritórios imensos, que ocupam quarteirões e listas de negócios sobre os lugares mais importantes do país. estes que acabam se tornando desejo de qualquer estudante de primeiro ano, primeira viagem. termina enquanto reuniões são feitas para explicar os gastos do segundo semestre, os lucros dos meses anteriores, as equações que resolvam o problema que é a ansiedade generalizada, o medo do desemprego, a incerteza de um futuro embaçado pela falta de direitos trabalhistas.

mas o sufoco está em tudo, não?

o amor acaba durante as eleições, quando os maiores telejornais do país anunciam a vitória do presidenciável e, com ela, tempos vindouros, fugas para outras cidades, escapes para dentro de si.

compreende, menina boba?
o amor acaba a todo momento.

enquanto fazemos ovos mexidos no café da manhã e esquecemos de colocar o sal, distraídos no celular vendo receitas de bolo e de como se curar de um relacionamento abusivo, palavras que nos magoaram o peito anos atrás, do mundo que ainda não nos ofereceu

o amor acaba

o amor acaba e está tudo bem.
de um dia para outro, inesperadamente, no silêncio das
horas que correm lentas, porém soberanas sobre nós.

o amor acaba no calor do desejo, quando olhamos
para o lado e o peito aperta, confirmando a angústia ali
pressentida: sabe-se que o outro já não faz cócegas no
palato e na pele. o outro já não traz intimidade no olhar,
cuidado no toque, intensidade no sentir.

o amor acaba às segundas-feiras e às terças.

termina enquanto os principais times da cidade
disputam a final do campeonato, os torcedores em
polvorosa com a possibilidade de um deles finalmente
ganhar o título após décadas batendo na trave. enquanto
guerras ameaçam eclodir em algum país de que mal
conhecemos o nome, estamos ocupados demais olhando
para aqueles que nos colonizaram a percepção. durante
almoços de família em domingos ensolarados e que
foram planejados por semanas a fio. como se o esforço
para reunir todo mundo tivesse o poder de recusar o
que nos é inerente: *estamos finitos no agora.* terminando

você já não olha para ele com olhos infinitos.
ele já não te ama como te amou um dia e muito antes.
você apenas a observa dançando sozinha na sala que um dia presenciou pares de pés bailarem despreocupados e distraídos com os problemas que lá fora se cristalizavam.
ela já não se importa se a única companhia que a vê cantando suas músicas favoritas é o corpo insosso da solidão.

a minha está, muito obrigado pela consideração

porque também não quero ser seu amigo nem nada
próximo que me remeta à indiferença ou espiritualidade
porque quando as pessoas terminam,
há um ritual sagrado
que diz que precisamos estar bem e fazer as pazes
como é mesmo o nome? perdão
ah e tem isso também
perdão: que você não tem de mim

e você não fez nada
talvez este tenha sido o ponto: vir de mãos vazias
com tantas possibilidades e comigo por perto e
com este sol do Rio de Janeiro
e esta tua reação a tudo aquilo que pede profundidade
intimidade ou apenas tato

e estou te escrevendo porque adentrei no metrô e seu
perfume sentou-se ao meu lado, veio enrolado
ao pescoço de outra pessoa
me fazendo perceber que *caramba*
histórias de amor vão embora o tempo todo
e seus cheiros gestos e postura impregnam em nós
nos postes nos bancos e em estações de metrô
para a eternidade

que sua consciência durma em paz
por ter deixado uma marca tão dolorosa
nesta linha que escrevo
e nas próximas, por onde suas mãos tocarem
e meu gosto em sua boca já não mais estiver vivo.

este é um corpo que cai mas continua dançando

te entreguei enquanto tínhamos algum contato
pois pensar é validar
que ainda há um tanto de você aqui
e eu não queria me ver em uma posição tão humilhante
assim

porque agora parece tão pequeno e menor
e não menos que nada
porque foi um nada que você me ofereceu quando disse
não estar pronto
porque, cacete, ninguém está pronto para nada
e aquelas palavras soaram como desinteresse
ou uma desculpa entre tantas outras
tantas outras
que me pergunto se algum dia a honestidade
foi o alimento que morou na sua boca
vestiu de decência a sua pele
te transformou em uma pessoa melhor

e, sabe, eu nem deveria remoer essa história
já que fomos um breve
capítulo de um livro amaldiçoado
uma vez que você me tratou como mais um
desconhecido dentro do seu jogo de
relacionamentos
à medida que você quer muito estar sozinho pois estar
sozinho implica em não ter que ligar no dia seguinte
olhar nos olhos enquanto faz amor
perguntar se está tudo bem e realmente querer saber
se importar se minha saúde mental continua boa
e se a respiração segue intacta

eu quis muito ser escolhido para acompanhar suas
viagens ao centro da própria pele
para sentir o gosto de um domingo compartilhando
a existência e as risadas com você
para experienciar a vida menos pesada
porque encontrou-se alguém

eu queria ter te encontrado na mesma estação de metrô
no momento ideal de nossas vidas
na hora em que você me olha e não encontra barreiras
no ponto certo do ônibus e da reciprocidade

mas agora eu compreendo que encontramos
vários alguéns ao longo da vida
e as convicções se desmancham
quando elaboramos expectativas como *agora sim,*
agora esta pessoa é a certa
pois ela não existe e tal matemática de
relacionamento também não
subitamente, você se vê chorando agachado
no box do banheiro
engolindo água quente e geladas frustrações
porque é segunda-feira e faz duas semanas
que não se falam mais

e estou pensando em você e em como eu não deveria
pensar
não porque você não mereça meus pensamentos ou
qualquer outro resquício de lembrança e afeto
mas porque você foi tão *como-os-outros-homens* que, a
esta altura,
pensar me soa desumano com o que de mais honesto eu

este é um corpo que cai mas continua dançando

Saens Peña / Botafogo / Jardim Oceânico

você tem estado no metrô da cidade
nas ruas
nos prédios
nas atividades que coloco o meu coração
e não resgato porque me propus a te
esquecer como se esquece do copo de
água que é preciso beber

hoje andei por Botafogo e foi como se eu pudesse sentir
a sua presença escorrer pelo paralelepípedo
perto de mim
e percebi: saudade é a fenda que nasce
na viagem entre uma ausência
e outra quando alguém não está

e lembrei da vez que eu te esperei quase duas horas
na estação Jardim Oceânico
porque ver você era melhor do que deixar de abraçar
um maracanã inteiro
amigos que não via há meses
promessas de outras relações
então valia a pena a espera
e tantas outras
como para ser gostado mesmo que minimamente
não ser preterido por outra pessoa
ser escolhido para estar ao seu lado

(eu nunca fui)

igor pires

cansei de me contar a mesma história
repetidas vezes antes de dormir
de dizer: é só uma fase ruim
dia de maré cheia
mar bravio cujo amanhã trará paz
e pouquinho de reciprocidade

porque nunca trouxe
e no cotidiano fomos inundados por
decepções profundas
e falhas tentativas de continuar

eu não quero mais continuar

cansei de me dizer: amanhã ele me ama do jeito certo
amanhã ele me olha nos olhos e diz que quer estar aqui
amanhã ele finalmente chega inteiro para essa relação
e podemos começar outra vez.

este é um corpo que cai mas continua dançando

crendo que você, de repente e por um milagre,
finalmente me fará as perguntas adequadas
me oferecerá os ombros e os ouvidos para que eu
descanse angústias e tristezas mundanas
se abrirá comigo sobre o que carrega e te afoga
os olhos antes de dormir

porque depois de tanto tempo
você ainda é a parte da praia que não consigo
chegar com meus pés curiosos
a rua sem saída que não atrai turista algum
o céu brilhante cujas nuvens se beijam e me
impedem de te enxergar melhor
de ver a estrela cadente que existe em teus olhos

e eu queria tanto te enxergar melhor
entender qual mágoa formou teus dentes
qual ferida proferiu teu sobrenome
quantas lágrimas vivem no poço do teu peito

para morar nos braços de alguém que nunca
me convidou para mergulhar em seu colo ou abrigo
nunca puxou meu corpo para mais perto,
não ateou fogo no desapego
iniciou uma revolução

para manter pequenas aparências
e a presença que não se sustenta
não aprofunda o laço
não marca a pele
ou faz transbordar

cansei de dar desculpas

cansei de dar desculpas a mim mesmo
de pentear o tempo com compridas compreensões
e de empurrar o fatídico término
com o corpo possuído de fé de que em
algum momento eu e você seremos como
aquelas pessoas para as quais olhamos
e nos questionamos
sobre como pode haver tanta doçura na maneira
como se conectam

desculpas para ficar em um relacionamento que
poucas vezes esteve comigo
para permanecer em dias repletos de orações
pelo amanhã, crendo no desejo de que haverá melhora
na maneira como se conversa
conexão na forma como se faz amor
compasso no jeito que se dança e se propõe intimidade

este é um corpo que cai mas continua dançando

um ao outro a quem recorrer. você entende que estou aqui porque te amo e te quero e te escolho, você me ama e me quer e me escolhe também. nós flutuamos, enfim, na calmaria que é estar em um oceano chamado reciprocidade.

em um mundo ideal, nossas diferenças não nos afastam, mas se encontram no meio do caminho e conversam sobre possibilidades de irem juntas, coexistirem atadas a um único propósito: sermos felizes. porque eu quero muito ser feliz ao teu lado. quero atravessar os dias com o coração em paz por estar no mesmo lugar em que você está, onde os medos e as inseguranças são pequenos obstáculos perto da vontade oceânica de ficarmos juntos. um lugar onde, apesar dos traumas que nos formam, ainda temos a audácia de florescer.

em um mundo ideal, você se abre um pouco mais, sem achar que essa é a maneira mais fácil de se machucar. porque veja bem: meus dedos teriam vergonha de te tocar a pele sem que seja por amor ou afeto, carinho ou vontade de te fazer feliz. e eu permito que você me vire do avesso sem pensar nas vezes em que fui o único no trampolim da entrega. o único a pular sem proteger o coração.

em um mundo ideal, eu te enxergo sem que você precise levantar as mãos. você me abraça antes que o silêncio se torne insuportável e nossos corpos precisem se afastar.

mas não estamos em um mundo ideal, não é? não estamos.

igor pires

em um mundo ideal

em um mundo ideal
você compreende o tamanho da minha
intensidade e dela não se afugenta, mas a abraça e, juntos,
construímos um território confortável para vivermos
o inteiro de nós dois

um lugar onde você pode levar a vida com
a calma de quem nunca foi machucado pelo amor
um lugar em que eu compreenda a paz que te move
como um convite para descansar
não como um bilhete premiado para um
relacionamento
fadado ao tédio

um lugar em que posso ser vulnerável
sem que isso te assuste
um lugar em que você pode abraçar o silêncio
sem que eu o entenda como rejeição.

na fotografia, você também se joga, apesar do medo,
mas entra no mar comigo mesmo assim. nós pulamos
as ondas gigantes, nadamos em direção à segurança que
é amar e ser amado na mesma medida, nos afogamos,
mas permanecemos tranquilos, sabendo que temos

em um mundo ideal, você se abre um pouco mais, sem achar que essa é a maneira mais fácil de se machucar. porque veja bem: meus dedos teriam vergonha de te tocar a pele sem que seja por amor ou afeto, carinho ou vontade de te fazer feliz.

este é um corpo que cai mas continua dançando

elaborando teorias filosóficas
arquitetando discursos sobre como a mocinha
nem é tão mocinha assim
o Ocidente manchou a nossa percepção sobre
o amor romântico
a solidão é produto do capitalismo para nos vender
a ideia da presença como indispensável

e é uma droga porque embora eu acredite
piamente nisso
sou em quem choro a tua presença enquanto
faço feira e me lembro de, como você, organizar
os alimentos de modo que não se machuquem
não se desfaçam
tenham para onde ir

sou eu que passo na frente do nosso
ex-restaurante favorito
e estico o olhar para enxergar talvez uma presença,
uma esperança, a tua risada enorme, os braços finos,
a beleza desconcertante e singular
e me pergunto se você também coloca a
língua na memória
rodopia com a saudade
padece dos lugares que
não nos têm mais

porque sou eu quem te penso enquanto
a cidade toda fecha os olhos
Radiohead começa a tocar no fone de ouvido
e finalmente me dou conta que acabou.

na intenção de me achar
com a intenção de se achar
na intenção de nos reaver
e se questiona se também o faço
enceno a mesma pose
queimo no mesmo lugar

sim

gosto de pensar que você ainda
vai à feira da Rua Augusta religiosamente
às segundas pela manhã
e quase que de forma ritualística começa
comprando primeiro os legumes mais fortes
e pesados para colocá-los no carrinho, afinal,
podem suportar o peso dos alimentos que vêm depois,
para então ir em direção
aos mais frágeis como morangos e mamões
deixando por último as verduras
os temperos
e aquilo que não pode, nunca, se desfazer

por que então nos desfizemos?

que às terças-feiras ainda vai ao cinema
ali na República apenas pelo prazer de
se deliciar com a própria companhia
se divertir com a própria solitude
e então compra pipoca tamanho médio
e uma coca zero
para acompanhar algum drama sobre o qual
passaríamos a noite inteira discutindo

este é um corpo que cai mas continua dançando

Radiohead

gosto de pensar que você escuta
Radiohead às duas da manhã
com o corpo exausto de um dia cheio
de obrigações
a barriga para baixo na cama
as mãos atentas à tela do celular e
às possíveis mensagens que poderia receber
se não tivesse feito do término de namoro
uma oração a um deus que não existe

que se emociona ao observar as estrelas perfilarem
certa graciosidade no céu de São Paulo
todo fim de tarde e de expediente
e que acende delicadamente um *Marlboro*
sabor melancia
para desafogar as mágoas
que ficaram perdidas no peito
das vezes que você quis ser grande e
quis ser invencível
mas conseguiu ser apenas humano
e diante da brutalidade do mundo
voltou para casa e se despiu

que passa em frente ao nosso
restaurante favorito na Santa Cecília
toda sexta-feira à noite
e tenta olhar para dentro

igor pires

procurar em alguém do presente
sentimentos que você viveu em
pessoas do passado
é nutrir uma busca incessante
por uma parte sua
que não volta atrás.

*e eu rezo e eu oro e eu peço: que alguém seja
para ele tudo aquilo que eu não consegui ser.*

você chegou a pegar o celular, a digitar a mensagem,
a escrever: *"olha, eu ainda gosto muito de você,
ainda há esperança para nós?"* e se arrependeu
enquanto escrevia, enquanto via minha foto
e pensava que já não fazia sentido consertar
o que havia se quebrado?

você sequer   cogitou?

me diz

me conta que do teu lado também queimou o peito
e fez arder os pensamentos. que você não parou de
pensar em mim por longos meses até que em um dia
qualquer você simplesmente esqueceu que marcou,
que fez história, que latejou profundo na memória. e a
partir desse dia você foi feliz, outra vez, agora resignado
na própria decisão, no fim que sempre há de existir e
que recaiu sobre nós porque não somos excepcionais,
apenas pessoas comuns que se gostaram um dia?

me diz
ou melhor

não, não me conta
é que para mim começou
a cicatrizar agora.

este é um corpo que cai mas continua dançando

doeu em você também?

meu bem
doeu em você também?
ter de abandonar o barco, as certezas, dizer adeus,
deixar planos e futuros no passado, sem voltar a eles
porque voltar seria lembrar e lembrar era
doloroso demais?

doeu ter parado de falar comigo
acordar sem as usuais mensagens de
bom-dia e junto delas as preocupações
sobre sua alimentação
saúde mental, trabalho e tudo o mais?
doeu ter seguido em frente sem olhar para trás
sem saber como eu fiquei
o que causou em mim
o que morreu aqui dentro e
jamais voltou à tona?

(você, ao menos, se importou?)

você chegou a reconsiderar a decisão?
pensou em me ligar tarde da noite, pedir desculpas,
ouvir minha voz também se desculpando,
reconciliando mágoas e diálogos,
desafetos e desencontros?

igor pires

meu amor
é tão triste que você esteja partindo
que demoro a crer que contigo também estão indo
todas as vezes que te olhei nos olhos e voltei a acreditar
em deus

eu não sei como permanecer neste relacionamento uma vez que já estou pertencida ao mundo, adornada de vontades. eu nasci de boca aberta, pronta e imensa, para a urgência do que me atinge e não sei como conter.

o fim é um desses.

o mundo é bastante coisa, querido, entendo agora, para que fiquemos em relações extraviadas pelo tempo e pelo excesso do depois.

o passado não nos aprisiona, o futuro é uma promessa que só existe em cartas, tarô, publicidade e propaganda, capitalismos, desejos fantasiosos pelo que queremos, mas não possui nome algum.

e o que você quer
o que desejo também
está aqui-agora
hoje
neste minuto-instante-presença

esteja livre e pronto para seguir.
daqui, te prometo,
sem culpas: farei o mesmo.

supermercados, oficinas de carro, cartórios com suas
questões burocráticas, hospitais e reuniões sociais e
espirituais, brigas sobre quem esqueceu de colocar a
roupa para lavar. acabaram as ligações pedindo por
algum item da padaria, as vezes que quisemos nos
afastar pois nossas presenças eram lugares insuportáveis
de se estar, o sofrimento de não saber como dizer adeus.

adeus, meu querido e amado amor.

não é pecado querer desobstruir a porta que emperra
a passagem de corpos ansiosos por novos horizontes.
a janela que deixa de oferecer caminho e paisagem. o
grito de uma liberdade que anda na ponta dos pés para
não machucar ninguém.

mas ficar, agora, a esta altura do campeonato, não é se
machucar e machucar o outro também?

você quer outras paisagens, percebo.
talvez outras conversas sobre filosofia e política?
o café da tarde um pouco mais cedo do que de costume,
às 17h?
alguém cuja voz não dance tanto pelos cômodos,
castigando de barulho a tua paz silenciosa?
alguém cujas pernas saibam abocanhar apenas metade
da cama, cientes do perímetro que devem ocupar?
alguém que gargalhe baixinho, como se entendesse da
força que tem em si e na voz que carrega?

porque eu não sei, meu amor.
e eu não sei de muitas coisas.

alguma coisa, se te vejo amanhã ou semana que vem. e um alívio contaminado pelo medo, porque já não estou como antes, ansiosa para tê-lo em meus braços.

e não quero que você fique por pena ou gratidão. porque os anos se amontoaram e se fizeram indispensáveis, resultando em um relacionamento que durou precisamente o tempo que precisava durar.

mas acabou, meu bem, não acabou?

o desejo inflamado, o calor de mãos que se deitaram nuas uma vez e que já não conseguem mais dialogar, encontrar motivo, arquitetar razão. acabou a transa deliciosa aos domingos quentes da primavera, a verdadeira paz dos que amaram com o tamanho de dez corações valentes, a farsa dos que permaneceram por comodidade, algum tipo de recompensa, culpa profana. acabaram os dias de agonia, de decisões que moravam na ponta da língua, serelepes, por vezes infantis, necessitadas de sossego. acabaram as sessões de terapia às segundas-feiras para explicar à minha terapeuta que, sim, é claro que te amo muito, mas que me amo também, e quero sobrevoar outros países, reflorestar outros territórios, gozar com outros dedos, me desafiar em outras moradas. acabaram os shows de jazz pelos teatros de Copacabana, as partidas de futebol no Maracanã aos finais de semana, as corridas pela orla da praia, a feira de toda segunda pela manhã, o ritualístico pastel da Feira da Glória aos domingos na hora do almoço. findaram-se todos os problemas que resolvíamos juntos porque estávamos unidos, atados, indissociáveis.

hoje é tempo, meu amor

hoje é tempo, meu amor,
e o amanhã nós ainda não temos.
por isso, precisamos ir embora. o passado é uma roupa
que já não me serve, e ontem é uma história sobre nós
que você já não se conta com a intenção de se convencer
que é possível seguir.

as mãos continuam distantes enquanto andamos pelas
ruas de São Paulo. enquanto fazemos as compras da
semana no supermercado, quando na casa dos seus
amigos ou dos meus, quando sozinhos com o silêncio
ensurdecedor das palavras que queremos dizer, mas,
medrosos nas próprias intuições, decidimos silenciar.

o que você quer me dizer?
diga-me agora, não temos tempo para o depois.

pois eu quero te dizer: o meu amor por você se
transformou em carinho, brisa de mar, telefonema
à tarde perguntando se está tudo bem, se precisa de

eu não sei como permanecer neste relacionamento uma vez que já estou pertencida ao mundo, adornarda de vontades. eu nasci de boca aberta, pronta e imensa, para a urgência do que me atinge e não sei como conter.

que eu deixei de contar, todavia, foi que eu o assisti no
meu cinema favorito, em Botafogo, numa terça-feira
em que nós havíamos discutido e eu estava certo de
que ali, diante daquele momento e daquela briga, fosse
a hora exata de partir; a linha de chegada de nossos
destinos. ainda assim, voltei para casa com o peito
quente querendo sair para fora do corpo, a garganta
seca e a língua molhada, com o amor e a vontade de
reconciliação agarrados no pescoço, com um pedido
sincero por nós e pela nossa relação.

eu estava nos convocando, *querido*.
eu estava concedendo a nós uma outra chance.

mas agora você está do outro lado da cama no oitavo
andar de uma cidade cinza
eu preciso pegar um voo daqui exatamente
quinze minutos
chove em São Paulo
e enfim este texto nunca navegará em teus olhos,
não chegará no coração da tua emoção.

* Aftersun, 2022. Dir: Charlote Wells.

me pergunto se durante esse tempo inteiro você me
amou ou apenas amou a comodidade dos dias que
esteve comigo. se realmente foi algo-a-mais ou apenas
mais uma história que você vai engavetar como se
nunca tivesse se permitido sentir. uma parábola que
você se contará sobre como tentar de qualquer jeito
era melhor do que ficar sozinho. eu não sou motivo
para meias tentativas. eu não sou o resto do pouco que
sobrou.

e a diferença entre nós é que eu me importo.

eu fiquei esperando você dizer que se importava
também. que independentemente do quão diferentes
somos, poderíamos encontrar o amor no meio do
caminho, no meio de algo chamado vontade, no centro
do desejo, no coração do que chamo de coragem.

*o perigo de não fazer questão é que uma hora a gente se
perde de vista e fica difícil de se recuperar*, foi o que te
disse enquanto almoçávamos, desolados e destilados
pelo fim iminente.

escrevo este texto na área de embarque prestes a pegar
o avião para o Rio de Janeiro. você me viu ir embora do
apartamento sem nenhuma reação. me pergunto se é
possível se importar sem mover uma lágrima, erguer um
pedido de desculpas, verbalizar um mínimo *"sinto muito"*.

"o amor nos convoca a se importar" é a frase final do
meu filme favorito*, eu te disse três semanas atrás. o

este é um corpo que cai mas continua dançando

turvo e a sua imagem desapareça como se nunca
tivéssemos energizado transformadores elétricos com
o poder do nosso amor. como se a intimidade que nos
unia não pudesse existir nunca mais.

espero alguma palavra, satisfação,
interesse em continuar.
espero um abraço apertado que dissolva a maior das
barreiras, destrua o maior dos orgulhos,
desmanche o mais espesso dos egos.
espero que algo em você se mova, se contorça, alguma
emoção finalmente apareça em teu corpo e você me
mostre que há algo aí dentro que ainda vibra. espero
um beijo lento, a língua se mostrando arrependida
de, minutos atrás, verbalizar palavras como projeções,
expectativas, descaminho.

mas nada vem.

o abraço de adeus é morno e rápido. você parece
indiferente, por dentro eu quero desmontar. você parece
em paz com a decisão tomada às pressas, em trinta
minutos, do restaurante em que estávamos para cá, para
este quarto cinza e congelante em uma cidade que se
transformou em uma cela de prisão. eu quero derreter
entre tantos pensamentos, voltar para a minha casa o
mais rápido possível, ser amparado pelas paredes que de
você sabem muito. porque dói terminar uma vida juntos
fora do próprio lar e de si mesmo. porque São Paulo
nunca pareceu gostar de mim.

no oitavo andar de algum prédio no centro de São Paulo

estou de um lado da cama e você do outro.
a luz amarela acesa ilumina o cômodo frio do oitavo
andar deste prédio no centro de São Paulo, mas em nós
não há nada que possa ser iluminado.

o silêncio apazigua o momento,
mas também sublinha o que vai acontecer.
estamos nos terminando. estamos estrangulando a
nossa história de quase dois anos, roubando o ar que
sustentou nossos pulmões até aqui.
isto é uma despedida.
um buraco no peito.
o furacão em uma cidade estéril de natureza.
uma fenda no capítulo mais bonito das nossas vidas.
estamos indo embora. estamos partindo e
nos partindo ao meio.
para nunca mais voltar.

arrumo as malas. chamo o carro no aplicativo. quatro
minutos separam o momento em que tivemos tudo e
éramos os reis do nosso próprio reino do momento
em que silêncio e desencontro são corpos agarrados
ao nosso espírito. quatro minutos para que tudo fique

me pergunto se durante esse tempo inteiro você me amou ou apenas amou a comodidade dos dias que esteve comigo. se realmente foi algo-a-mais ou apenas mais uma história que você vai engavetar como se nunca tivesse se permitido sentir.

a paz que você procura está na decisão que você ainda não tomou.

este é um corpo que cai mas continua dançando

e agora estamos aqui, empurrando dias
com mãos cansadas e a conveniência de sempre
dançando em círculos com o medo
e a vergonha de admitir que tentamos
de tudo, tudo mesmo, para continuarmos juntos
mas que hoje estamos batendo a cabeça
em múltiplas desculpas para tentar responder
que no final das contas ainda somos um casal
ainda somos pessoas que se amam e se querem
e se desejam
em nós ainda veleja o amor.

mas não somos e não nos queremos, meu bem
nós sabemos disso

você está pronto para chegar aqui
ser finalmente honesto
andar enfim mais um pouco
para o começo da palavra fim?

pois estive tão distante, alheio ao amor,
e fechará os olhos para primaveras florescendo em mim
germinando esperanças no amanhã

e me sinto ansioso
parece que é a primeira vez que chego na linha de
chegada, assim, com alguém
sinto que é a primeira dura conversa,
profundas decepções se sentando para
conversar e se resolver

então me diga
como chegar ao final da palavra
ao momento exato em que estamos conversando sobre
organizar a papelada ir ao cartório assinar o divórcio
faltar ao trabalho avisar aos amigos e família
chorar por três semanas na cama
como chegar ao momento em que da realização de
nosso pequeno fracasso
se dará a decisão de nunca mais dormir
juntos seis horas diárias fazer feira aos sábados
ir ao cinema pelo menos uma vez ao mês

eu não sei o que fazer com a sensação de
que terminamos semanas atrás
enquanto você tomava banho sozinho e cantava
alguma música sobre solidão e eu esperava a minha vez
para entrar pensando que solidão além de música também
era um corpo vivendo no intervalo de nossas agendas,
no profundo de nossas vidas que caminhavam para
lados opostos, territórios em conflito, modos de se apartar

este é um corpo que cai mas continua dançando

conjugação no plural
datas especiais
aniversários
discussões à meia-noite sobre algum filme
músicas calmas para fazer dormir os fantasmas que
nos assolam
choros de uma angústia profunda
a que chamamos brilhantemente de vida

porque se chegarmos ali, um pouco mais à frente
da palavra *fim*, no centro das relações que se dissolvem,
nunca mais eu ouvirei a tua voz às oito da manhã
contando sobre algum sonho estranho
ou escutarei o tom da tua
risada preenchendo os buracos da camada de ozônio.
eu nunca mais vou encostar na tua mão e me dar conta
de que sou a pessoa mais segura no mundo

você entende o que eu falo?

se a gente terminar, agora ou daqui a alguns minutos,
você vai deixar de passear seus dedos pela minha pele,
sobrevoar estrias e inseguranças,
aninhar medos e tristezas
descobrir em meu avesso países abandonados
e cidades em festa
encontrar em meu colo a textura do que é
íntimo e tem o gosto do teu nome

se a gente terminar, neste instante
ou nos próximos
você não vai mais perguntar por andei,

linha de chegada

eu estou te esperando próximo da linha de
chegada da palavra adeus
você saberia como terminar nosso relacionamento
da mesma maneira que começou: *sendo honesto*
e eu orei a deus para que num impulso você me
empurrasse para longe da sua vida, do inteiro de nós dois,
porque assim a dor seria menor, afinal, a adaga que nos
une não teria as digitais das minhas mãos

meu bem, você consegue perceber? o fim começou para
nós muito antes de estarmos aqui, próximos do
ciclo seguinte
do dia vazio de mensagens de "tudo bem?"
"acorda, dorminhoco"
"passa na padaria para comprar pão?"
da ausência que nos acompanhará pelo resto da vida,
onde mágoa alguma será maior que a falta de não ter mais
você como meu confidente, amigo que ouvia lágrimas
e risadas, tristezas e confissões

porque chegar aqui é saber e sentir
(e sentir é muito pior)
que depois de atravessarmos a linha nada será nosso

este é um corpo que cai mas continua dançando

corta-se o ar
a pele
os meses que passamos juntos

amanhã
apenas um par de pés
reconhecerá
esta paisagem
mais uma vez.

você me olha diferente agora
como se soubesse que qualquer palavra
proferida poderá ferir o momento
as expectativas
o instante que nos conforma
nos contorna

eu também sinto medo de
dizer que já não existe felicidade
suficiente ou resquício de tentativa
capazes de compensar
o esforço, a vontade
o carinho que sentimos um pelo outro
e o desejo de permanecer por perto
mesmo depois do prédio desabar
do sol ir embora
da noite escura adentrar nosso caminho

então já vemos estrelas no céu
e a lua beija delicadamente o mar do
outro lado da avenida
mas entre nós nenhuma língua
tem coragem para falar

você já se encontra mais afastado de mim
neste instante
respirando profunda e pausadamente
enchendo o peito para dizer
as terríveis palavras embaçadas
pela cortina de fumaça
de um cigarro que está te tragando

este é um corpo que cai mas continua dançando

copacabana

de repente
estamos dançando na sacada
do teu apartamento
o fim iminente de uma relação
fadada ao fracasso
também levanta os braços
enquanto contemplamos um céu
prestes a desmoronar

o relógio marca 17:45
e uma pequena ansiedade
começa a se esticar em
meu estômago
se fazer presença
compreender a fatídica cena
à qual nos submetemos:
será a última vez
que fazemos aquilo
conjugamos um pronome
vivemos *nós*

Queda

o bruto fim se enrolou em nossos pescoços,
pediu uma maturidade que não tínhamos.
perdão. eu também estava fora do lugar

eu desejo que você olhe para a sua
pequena criança do passado e possa
abraçá-la forte agora. em silêncio. com
o amor, a ternura, o afeto e a paz que ela
não teve e merecia. ela está orgulhosa da
pessoa que você vem se tornando.

este é um corpo que cai mas continua dançando

era voltar para o quarto, com seus brinquedos e a paz de
não ser atormentado

você foi calcificando tantas emoções dentro de si,
deixando de mostrar os fogos de artifício
que habitavam teu peito,
as estrelas que faziam fila para te cumprimentar,
uma porção do oceano que corria em tua pele,
que uma vergonha de se mostrar
te acompanhou por muitos anos, foi teu sobrenome
antes mesmo da tua presença iluminar lugares e pessoas

eu te honro porque agora nós não apenas vemos o mar,
como ele nos mergulha cada vez que vamos à praia
e é possível sentir a energia do sol
se enrolando delicadamente ao redor das
nossas angústias

pois crescemos e não foi possível retirar do nosso
pulmão estrelas antigas,
poeira estelar que aqui perdurou
anos e anos,
a emoção do dia a dia e o amor que nos sussurra:
você é amado, você é amado, você é amado

te escrevo para dizer que a vida melhora
o amor é para você
e eu estarei para sempre ao seu lado.

não há nenhuma briga acontecendo no quarto ao lado,
nem o sentimento de que você talvez seja o culpado
pelo atrito e desencanto
não existe nenhuma presença aqui capaz de me dizer
que não sou bem-vindo
ou aceito em minha própria casa,
no lar que construí com mãos que escrevem e
sentimentos que derretem pessoas
feitas de ferro e muralhas

não há barulho nenhum em minha mente que
compromenta a capacidade que tenho
de assimilar o tanto de amor
que existe em mim, aqui, para *nós*
a capacidade de gostar de pessoas, momentos, situações,
países, músicas, o mundo em si, o tecido do universo
explodindo, o céu limpo depois de nuvens
abalarem casamentos a céu aberto,
poesia e livros
e mensagens sinceras pela manhã
não há medo ou silenciamento
em nosso lar, podemos nos despir

eu quero tanto te abraçar, pequena criança assustada,
dizer que o seu medo de que as pessoas não gostem de
você é fruto da maneira
com a qual te trataram desde sempre:
seus ouvidos
ouviam violências como *"ele é diferente"*, *"ele é muito
sensível"*, *"ele chora demais"*
e automaticamente seus poros se fechavam,
sua mão deixava de tocar a terra e tudo o que você fazia

este é um corpo que cai mas continua dançando

como é viver em um mundo que não te entende, pois eu
te vejo agora, agora, meu pequeno,
compreendo todos os seus movimentos,
consigo perceber por que você se isola
e em sua própria armadilha
vive dias e noites

lembro dos pesadelos constantes que você tinha e de
noites em que teus ouvidos, ansiosos com o barulho
familiar, impregnavam na parede do quarto ao lado, e
podiam ouvir outro mundo se desfazendo

era possível ouvir o desaforo, o desalento, o desamor

você se perguntava de que tamanho era a ferida entre os
pais
aquela ausência se alimentando das paredes de casa
ferindo de silêncio as quinas do quarto
o teto da sala
e por semanas a cordialidade imperava
com apenas as conversas necessárias surgindo à mesa
diálogos prontos e decorados
uma sacralidade no trato que te forçava a engolir todos
os questionamentos, suprimir perguntas
silenciar quando fora tudo parecia desarmônico e
infeliz,
dormir abraçado com monstros que
inventou para não se sentir solitário

ei, quero te contar que todos os seus monstros foram
embora e já não há pesadelos

vista em integridade, sem ser subtraída
a alguém cujo coração não sentia tanto

você vai ver, há tanta beleza no mundo
estrelas cadentes que aparecem apenas para nos lembrar
da imensidão do universo, reiterar que somos pequenos,
muito pequenos, embora nossos sonhos não

pessoas iguais a *você*
que amam igual a você e sentem tudo, sentem tanto,
sentem demais
e escolhem não padecer por abrigarem
solstícios, soslaios, planetas, inundações, alagamentos

sorrisos que nunca vão te faltar e abraços capazes de
restaurar sua fé na humanidade,
um bairro destruído pela falta de amor,
um relacionamento abalado entre mãe e filha

a alegria, você vai descobrir, é o melhor dos sentimentos,
pois ela faz crescer esperança em solos que nunca viram
uma chuva cair do céu,
vontade de viver em um peito fadado
ao fracasso, flores em um jardim que há anos não sabe o
que é receber pássaros e seu canto suave,
o mel escancarado
no voo de animais que percorrem milhas e milhas à
procura do pólen
que lhes trará o alimento e a vida novamente

continue sonhando pois é o sonho que te fará escrever
para fugir da dor e do medo e da angústia de não saber

este é um corpo que cai mas continua dançando

por todas as vezes que ficou no fundo da sala, na
periferia da vida, à margem das conversas e no canto
do mundo, pois não sabia como fazer amigos, e desde
então permanece com dificuldade de criar laços
e tecer intimidade

isso não mudou tanto, preciso te alertar. você vai ter
dificuldade em ser expansivo,
alargar o peito e permitir que entrem,
façam morada, construam abrigo,
puxem a membrana da pele e queiram te cuidar.
você vai recuar quando o momento pedir coragem,
voltar atrás quando for preciso caminhar com pés
confiantes e intuições cheias de fé, se intimidar quando
o afeto te estender as mãos.
você enfrentará problemas em ser aberto como
ostra, todavia, sobre nós, tal autoproteção ainda
considero um presente,
uma expressão da nossa identidade preciosa
e que nos mantém

te abraço hoje e te honro, minha criança do passado
minha preciosa criança do passado
tão brava, sonhadora e cheia de alegria

tão medrosa porque não sabia como fazer amigos,
continuar uma conversa,
se decepcionar sem chorar rios e oceanos

ansiosa para descrever o misterioso momento em que se
sentiria compreendida pela primeira vez,

quando meus gatos dormem comigo na
cama e percebo que cresci, virei pessoa adulta
e dona de mim,
me tornei ser humano sensível que sempre fui,
todavia tinha medo de mostrar

choro no trem quando o sol invade graciosamente
o vagão abarrotado de pessoas cansadas, porque,
repentinamente, a vida parece ser maior que os
problemas diários, as dificuldades de ser adulto
arranhando a pele e a memória,
o pesado cotidiano dos que têm
sonhos impossíveis para um mundo que seleciona
quem merece alcançá-los

pequena-criança-sonhadora,
você compreende o que eu digo?

pela vez que você apanhou no colégio porque gritaram
e disseram que seus gestos eram muito femininos,
mesmo que não soubesse o que isso significava.
a sua cabeça ficou confusa
naquele dia, girando, no entanto sua boca não
podia contar tal observação para ninguém: era perigoso
demais ser um menino
dócil em meio à violência
escandaloso demais dançar com a alegria no pátio
do colégio, enquanto eles se preocupavam em prender
borboletas em potes imaginários
perigoso demais que o abuso viesse a público,
e a partir daquele momento,
ser você o corpo que eles teriam o prazer de enjaular.

este é um corpo que cai mas continua dançando

se acolher será um laço que você aprenderá a dar apenas
depois dos anos adultos se sentarem sobre
os seus ombros, quando a vida te cobrar que seja
mais gentil com as próprias falhas, e mais generoso
com todas as cicatrizes que te riscam a pele,
bordam em você o que te faz ser imenso e
intrinsecamente único neste universo

eu sei, parece difícil acreditar no que estou te contando
de onde você está agora, neste momento em que
qualquer palavra fora do lugar
corta o ar e faz os adultos gritarem contigo, se
transformarem em cidades com muros altos
e ruas sem saída.
nesta parte da vida em que você se sente deslocado
na própria casa, um estranho cujo idioma ainda não foi
compreendido por aqueles à sua volta

quero te acolher por todas as vezes que você
engoliu o choro porque seu pai dizia que chorar era
coisa de menina: tenho permitido que novas lágrimas
conheçam a superfície do meu rosto e sobre ele
possam dançar,
sempre que uma angústia me atinge, ao menor sinal
de que há sangue me percorrendo, pulsando vontades
e mares cheios.
choro com uma música bonita que toca na rádio,
com o canto dos pássaros
às seis da manhã de um sábado de outono,
quando estou à beira do oceano e tudo em
mim se pacifica, quando estou com meus amigos em
uma festa e toca Beyoncé,

por alguns anos, pequena criança sonhadora, você ainda se sentirá assim, como se o amor não fosse capaz de olhar em teus olhos, dormir contigo, te acarinhar a pele mansa e carente, te transbordar em ternura e delicadeza, te compreender humano e à procura de respostas. alguém que, por não sentir que merece a completude, será capaz de abraçar culpas que não te pertencem, chorar agachado ao lado da cama pouco antes de dormir, beijar a solidão diariamente por medo de incomodar

algo sobre nós que ainda não mudou, meu pequeno: *temos demasiada dificuldade em pedir ajuda*. gritar que uma ferida permanece aqui, a cicatriz tornou a doer, um problema ainda beija nossos pés, a cura para a depressão ainda não veio. ainda carregamos receios de aborrecer, achar que do outro lado não haverá resposta, ajuda, conforto, aconchego. e por tanto, ficaremos em silêncio muitas e muitas vezes, engolindo conflitos para que não saibam que precisamos de cuidado, atenção e, às vezes, um abraço apertado. jogando todas as tristezas na parede com a intenção de conseguir segurar todas elas, rezando para que um dia tenhamos coragem suficiente de ligar para os pais, mandar mensagem para os melhores amigos, orar honesta e espontaneamente para o divino, dizendo: ajuda, ajuda, ajuda que tudo dói e eu não sei por onde começar a me cuidar

eu não sei por onde começar a me pegar no colo

este é um corpo que cai mas continua dançando

te abraço porque sei que você foi a criança que enfrentou
o tempo sozinho, se questionando constantemente se o
futuro te reservaria a felicidade e a esperança,
a liberdade e a leveza de ser

nós conseguimos

deste lado, eu finalmente nos perdoei por toda a mágoa
que nutrimos por este corpo, tantos anos de autoflagelo e
aversão nos fizeram finalmente compreender que não há
sentido entrar no ringue para lutar contra o próprio reino,
manchar de repulsa uma cidade que cresceu à beira da
ruína. não há paz que resista aos socos no espelho e
à vontade de se desvencilhar da própria pele

eu nos perdoei pela maneira com que nos disseram que
não éramos amados ou queridos, e sem ter nenhuma
outra crença para segurar com nossas pequenas mãos,
acreditarmos piamente nisso

demorei 26 anos para nos aceitar em totalidade, você
acredita?

o fantasma da voz dos pais perdurou por muito tempo
em minhas veias, os traumas da escola como uma
fotografia pendurada na parede para todos verem,
o medo da igreja estampado na porta do quarto, e os gritos
do mundo dizendo que não éramos bem-vindos: em casa,
no coração de deus, dentro de nós mesmos

pensei que era indigno, estava longe de ser salvo,
de ser merecedor de amor

a criança

*hoje eu abraço a minha criança do passado
digo a ela que vai ficar tudo bem*

não há nada de errado com o seu jeito de sorrir e
querer compreender quais são as dores do mundo,
quantas tristezas é possível caber no colo da sua mãe

não há nada de errado com o tom da sua voz, as pessoas
costumam te repreender ou pedir que você ria baixo,
prenda a respiração, faça silêncio quando em teu peito
há uma festa acontecendo,
a presença de deus se manifestando,
galáxias formando mapas e dando as mãos para infinitas
constelações, mas continue: ventos sagrados
regerão a tua existência

ser sensível não é um problema.

e aqui, no mundo adulto, na atribulada vida dos que
cresceram demais, sua pele continuará se arrepiando com
o barulho de mar, os olhos molhados de graça a cada
nova tentativa de seguir em frente, e nada terá
poder suficiente de te tolher,
diminuir a tua capacidade de mergulhar
no mais intenso e interno de tudo, nas questões das
quais você, mesmo pequeno, nunca fugiu

minha criança do passado, eu nos perdoei pela maneira com que nos disseram que não éramos amados ou queridos, e sem ter nenhuma outra crença para segurar com nossas pequenas mãos, acreditarmos piamente nisso

porque lembrar às vezes
é como colocar o braço atrás da porta
e rezar para não haver um cão feroz
o destino faminto
ou a pessoa que se quer abandonar.

igor pires

nos custaram presenças e pessoas
no fim de um ciclo marcado por arrependimentos,
porque não soubemos como nos despedir
chegar de mansinho
pedir por perdões ou afetos

antes que a vida passe muito rápido e
coloque o pé na linha final da existência

peça desculpas
volte para casa
escute sua mãe.

este é um corpo que cai mas continua dançando

de repente, a vida passa depressa
e você ainda não ligou para a sua mãe
não a ouviu trêmula de emoção
pela surpresa que é ter uma filha que carrega a
preocupação na ponta da língua
ou simplesmente alguém que se importa

você deixou de ouvir as mesmas piadas
que ela faria sobre você estar solteira
as confissões de uma mulher que já atravessou
décadas e décadas de frustrações e desamores e
mesmo assim não desistiu de viver
as palavras de alguém que vive isolada em
uma ilha solitária, na periferia da cidade
que você tem se tornado, à margem da vida que
está construindo, e que merece seus ouvidos
atentos às feridas que dela se alimentam,
porque é preciso compreender os sinais de que a
velhice a está roubando um pouquinho
a cada dia mais
e já não há com quem conversar

uma geleira tomou o espaço da cadeira entre vocês e o
silêncio é a melhor forma que encontraram
para se comunicar

mas a vida corre feito um rio imparável
e conforme vai se aproximando da linha de chegada,
vamos fincando o corpo no que poderia ter sido feito
no passado, afogados em decisões erradas e palavras
que não foram ditas
em movimentos de nado mal calculados e faltas de ar que

O tempo

de repente, a vida corre com pés apressados
e você ainda não pediu desculpas por ir embora
abruptamente da vida de alguém que amava muito
por sumir sem explicação alguma porque era mais fácil
subtrair presença do que almoçar coragem e enfrentar
a conversa tão difícil
diálogos sobre o término
e lágrimas de quem sabe que tentou
até o último minuto

de repente, o relógio dá voltas ao redor de si mesmo
mais do que você consegue perceber
e você ainda não vulnerabilizou o coração
derrubando os muros de proteção e reconstruindo
sensíveis tentativas de se compartilhar com o outro,
cuja única garantia é a partilha do momento

você ainda não se permitiu ser profundamente amada
por medo de que o toque na pele cause abalos sísmicos
machucados inesperados
vontade de permanecer

igor pires

*o artista não deveria viver preocupado
com o que vai comer no dia seguinte.*

este é um corpo que cai mas continua dançando

tem dias que tudo o que parece certo a se fazer é *desistir*
voltar para a cama quente e chorar com a certeza de
que nada mudará porque o sistema é muito maior que nós
e as nossas angústias não são nada para um mundo
com fome de derrotas
um mundo capaz de nos engolir vivos
pois há as máquinas e o capitalismo e é preciso fazer
os homens trabalharem
há escritórios que precisam de pessoas que acreditem
ser possível trabalhar todos os dias e enriquecer
mas não seremos derrotados
ainda há territórios a serem conquistados no
interior de nós mesmos
quem sabe em alguma parte que o mundo, obsceno, não
tenha descoberto ainda
uma parte que, por estar preservada, ainda tenha
motivos para continuar.

é muito fácil perder a vontade de ver o sol pelas manhãs
de sair de casa para ver os amigos
de ir à faculdade e realizar as provas finais do semestre
é fácil desistir de trabalhar e se isolar em casa,
passar um tempo, profundo, sem dar notícia, dizer
às pessoas alguma coisa sobre si mesmo
é fácil perder o ânimo e o espanto, e de repente nada te
tocar ou provocar os pelos do corpo, causar susto
ou soluço na pele.
subitamente, o mundo vai ficando
cada vez mais apático e sem cor
e quando você percebe, nada na vida é capaz de te
fazer vibrar, álcool nenhum preenche lacunas de anos
de uma existência atribulada, droga alguma é capaz de
sedimentar o buraco que fica no dia seguinte após um
final de semana, tão bom, tão feliz
e aí o ciclo recomeça, porque o dia seguinte sempre vem
e você percebe, uma vez mais, que está sozinho
e amargurado nas próprias angústias e questões
que é alguém estranho para o próprio corpo
um desconhecido que não sabe em qual parte da pele
moram todas as dores e desilusões amorosas
em qual parte do coração estão alojadas as mágoas de
relacionamentos que te partiram ao meio e não
voltaram para te devolver
é isto: você, como eu, está quebrado e espatifado
tentando, aos pouquinhos, recuperar partes tuas
que ficaram pelo caminho, rezando a algum deus que
desconhece para que ele te conceda algum sentido na
vida, alguma ideia do que fazer porque você
não sabe e tem medo de descobrir que nunca soube de fato
mas viver é perigoso mesmo, eu te entendo

este é um corpo que cai mas continua dançando

estrangeiro

eu me sinto estrangeiro em minha própria pele
distante, tão longe
faz tempo que este corpo parece viver
uma espécie de inércia
vejo o noticiário na televisão, notícias em redes sociais
escuto fogos anunciando a chegada de alguém no
bairro, fogos em mim destrincham que há algo aqui que
também precisa ser celebrado
não sei, talvez mais um dia sobrevivendo?
mais um dia convivendo com a ideia de que aos trinta
anos não terei o apartamento dos sonhos
um relacionamento saudável
alguém em quem confiar
mais um dia convivendo com a ideia de que ser
artista talvez não tenha sido uma boa escolha
talvez minha mãe estivesse certa
quem sabe engenharia ou direito
medicina ou alguma profissão que pague bem
tantos sonhos em mim foram sedimentados
então penso com afinco que é mesmo motivo
para celebração todos os dias em que consigo
terminar vivo
pois veja bem: *é muito fácil se perder e desistir da vida*

este é um corpo que cai mas continua dançando

continuará cerceando sua respiração, preenchendo
de angústia qualquer dos seus poros,
pois é impossível ir embora de si
ainda que você queira muito
é impossível
infelizmente
ir embora da própria cabeça
da própria existência
de tudo o que faz de você
um ser humano no mundo.

e não importa que você é forte e todos ao seu redor te
parabenizem por você ter conseguido se alimentar
minimamente ou cuidar da própria casa como há
tempos não fazia
não importa se você consegue se
relacionar romanticamente
com alguém sem cair nas próprias paranoias que cria,
nas armadilhas de uma mente que está tentando o tempo
todo te sabotar
não importa se finalmente você consegue olhar para si
mesma e pensar: estou pronta para o amor e para
ficar na vida de alguém

em algum momento você vai se ver deitada na cama, às
onze da manhã, e uma âncora estará te arrastando para
o fundo do mar, para o profundo do que não se pode ver
e os pensamentos te farão crer que você não conseguirá
levantar, e a ideia de permanecer em casa inundará cada
uma das milhares de células que te formam e te
impulsionam a existir
porém você não quer existir
não naquele instante, não naquela hora
não quando vulcões e tempestades te queimam vivo e
você não sabe para onde fugir

"para onde devo ir?" você se questiona
mas é impossível calar todas as vozes que te atormentam
enquanto você tenta viver a sua vida como a pessoa
mais autossuficiente possível
pois onde quer que você vá haverá um outro corpo ao lado
do seu para te lembrar que não adianta o que você faça,
com quem caminhe, quem ame, uma solidão pontiaguda

este é um corpo que cai mas continua dançando

você me liga perguntando se estou bem
enquanto não saio de casa há três dias
inventando desculpas sobre ter muito trabalho para fazer,
engolindo oceanos inteiros de múltiplas ansiedades, além
de preocupações acerca de um futuro que mal chegou
e está atrasado para me engolir
e eu te respondo que *sim, é claro que estou bem*, afinal,
tenho um bom emprego, alguém que me ama,
amigos que se importam, uma vida confortável

mas não se trata disso, não é?
a depressão não escolhe um rosto ou um corpo específico
e ela não se importa se você consegue sorrir e fingir
que está em paz
ou se simplesmente cede à agonia de viver

a depressão não se importa se você consegue permanecer
estável por três meses seguidos ou se consegue sair
de casa durante um ano inteiro sem esmorecer

uma hora ou outra você vai se encontrar chorando no
banheiro do trabalho, com as mãos trêmulas e um grito
preso na garganta, querendo ligar para a melhor amiga,
para a mãe ou a terapeuta pois o peso do mundo é maior
do que suas mãos e você não sabe o que fazer com elas
você vai se encontrar tonto e com vertigem ao andar
na rua e se deparar com uma palpitação no peito, uma
agonia na ponta dos dedos, uma ausência de si mesmo –
e é terrível, porque você só queria ir ao mercado, cumprir
com as obrigações de casa, ser funcional uma vez na vida

mãe

mãe, eu tenho vergonha de te contar que
depressão é uma companhia que esteve comigo
desde o dia que senti uma pontada de sensibilidade
no peito
um susto de vida
no auge da adolescência

eu tinha quinze anos
quando descobri que era muito difícil sair de casa, dizer
sim para a luz do sol, estreitar laços de amizades e
construir novas conexões,
me abrir de modo que os outros soubessem sobre
os centímetros da minha alegria
a espessura da tristeza
e todas as vezes que eu pressionava o rosto contra o
travesseiro na intenção de sufocar a dor
que tomava conta
de mim

(até hoje não consegui)

é essencial e resiste ao tempo. *"o essencial é invisível aos olhos"*, lembra? e o mundo segue. com o ódio alimentando a boca dos que, há muito tempo, deixaram de ver a luz porque construíram os muros de suas casas com o dinheiro público. construções desabam em lugares distantes daqui, contas cortam casas que estão longe dos centros urbanos e a miséria volta a envelopar o sobrenome de famílias inteiras. há pessoas lucrando com a fome alheia. e o caos vai se alimentando das nossas angústias para continuar pairando sobre nós.

eu me pergunto todos os dias se você existe.
se algo em você pode salvar nossa humanidade da nossa humanidade. se a sua humanidade conversaria com a minha sobre a dor de existir em um lugar tão doente, em uma terra que está fadada à seca mesmo a água sendo abundante, atada à finitude quando nos foi prometido o tempo inalienável.

todavia eu não me sinto limpo.

eu sinto que posso desaparecer a qualquer momento, ser levado pela insensibilidade do mundo, atrofiado por um viver que não cabe mais na minha cama, nos cômodos de casa, na rua do bairro
no município do estado, no estado de dor profunda que há em mim.

deus, você consegue me enxergar aqui, deste lado da fronteira?

em mim e em dias melhores, mas falho na tentativa
e me encontro, uma vez mais, atolado na cama, sem
forças para conseguir sair, sem vontade de abrir as
janelas e ser tocado pelo sol. como quando digo que
vou me empenhar em me amar mais, mas na primeira
oportunidade de impor limites, acabo perdendo de vista
minhas barreiras e permito que destruam os castelos
que construí.

se o seu peito acelera, a testa forma linhas de expressão,
a boca seca em estado de desaprovação porque eu não
entendi os seus sinais, não encostei minhas intuições
no coração da tua vontade. às vezes, quando é domingo
e chove fino na cidade, eu tento colocar meu ouvido
no início do céu para conseguir escutar tua voz, mas
subitamente lembro de que ela está em mim.

está mesmo?

me dê algo em que acreditar.

há tanto horror sendo arquitetado neste momento
lá fora. eu leio livros sobre fome e desigualdade.
vejo notícias sobre o outro lado do mundo, sobre
bairros a poucos quilômetros daqui. escuto histórias
de preconceito e sinto vontade de vomitar. há uma
apatia moral sendo vendida e exportada como *medida*
de sucesso e a fama é uma doença que perseguem a
qualquer custo. pessoas procuram abrigo no precipício
dos braços de outros e mentiras seguem sendo contadas
como verdades absolutas. a vulnerabilidade sendo vista
como sinal de fraqueza interior. o exterior exaltado
como um rei e empurrando para a margem tudo o que

das liturgias e rituais, dos palcos e de tudo que já disseram a seu respeito. e se compreende que minha solidão é um espaço insuportável de viver.

eu me pergunto se você consegue se emocionar com as minhas tentativas de me levantar da cama e enfrentar os dias como se eu não estivesse perdido e sozinho, sem saber para onde ir. como se eu não carregasse no peito o peso de uma âncora enferrujada por anos, a história milenar de um navio que se perdeu no meio do oceano e não soube de que forma voltar. como se meus passos não denunciassem que, além de mim, também preciso carregar as projeções da família e o fardo de todos os meus ancestrais que tentaram, mas não conseguiram chegar do outro lado.

se sente um pequeno tremor de, enfim, me observar vencendo pequenas-grandes batalhas e conseguindo realizar tudo aquilo que preciso. as três refeições diárias e os banhos longos e necessários. as sessões de terapia e os perdões colocados à mesa. as mágoas finalmente abandonando o apartamento e caminhando em direção ao precipício. a cura entrando em minha vida e me abraçando de coragem para continuar.

tenho mágoas maiores que o meu corpo,
tenho memórias de dores
que não querem me abandonar.

se suas mãos também transpiram quando me veem fazer escolhas erradas, errando o mesmo caminho de sempre. como quando digo que vou voltar a acreditar

deste lado da fronteira

deus,
às vezes eu me pergunto se você consegue me
enxergar daqui, deste lado da fronteira, onde paz é
um substantivo que ainda não bateu à minha porta. se
você sente o cheiro da depressão cerceando decisões
minúsculas que se tornam filhos rebeldes e sem causa:
sair de casa é impossível a alguns dos meus traumas.

decisões como: dizer sim às mensagens de amigos me
chamando para algum bar, me pedindo para sair de casa,
exigindo uma presença que, eu sei, não consigo oferecer.

continuar conversas que pararam no tempo porque
desisti de continuar diálogo, estreitar conexão, tentar me
explicar do porquê da falta e ausência. é cansativo dizer
que desta vez não consegui. que falta ar. *que falta tudo.*

ir à faculdade, ao trabalho ou a qualquer lugar que me
peça um pouco mais de corpo e vontade, já que não
tenho ambos.

me questiono se você consegue me observar tentando
da melhor maneira que consigo sobreviver a este
mundo. se existe para além dos documentos históricos,

deus,
às vezes eu me pergunto se você consegue me enxergar
daqui, deste lado da fronteira, onde paz é um
substantivo que ainda não bateu à minha porta. se
você sente o cheiro da depressão cerceando decisões
minúsculas que se tornam filhos rebeldes e sem
causa: sair de casa é impossível a alguns dos
meus traumas.

*dedico esse texto para Jess e para todas as pessoas que,
por circunstâncias da vida e do destino,
precisaram deixar pessoas e memórias para trás.*

este é um corpo que cai mas continua dançando

eu chorei em silêncio enquanto você se derramava sobre
o término do outro lado da linha
porque tive vontade de te dizer que a vida adulta e
a sua ilusória máquina imparável de fazer vencedores
nos engana e nos machuca
que quase sempre estaremos sozinhos, atolados
em nossas próprias questões,
ora descobrindo doenças autoimunes, ora descobrindo
que será preciso tomar algum antidepressivo
para continuar seguindo em frente
que eventualmente descobre-se depressão e ansiedade
e que muitas pessoas mergulham em vícios para
conseguir lidar
com o que há dentro e é profundo demais
para demandar tratamento

porque chorávamos, adolescentes, ansiosos com o que
nos assustaria o peito quando adultos
mas não fomos preparados para as semanas solitárias
sem amigo algum para materializar presença
para as amizades que perdemos ao longo do caminho
para o emprego de quarenta horas semanais que retira o ar,
sufoca as horas, arranca a saúde física e mental
para a solidão amarga e espessa que fere o peito de tristeza
e de vazio em aniversários cujos convidados não
apareceram
para a dor que é olhar para trás e sentir falta de alguém
que um dia te vestiu de compreensão e te amou
com a paciência de quem atravessa uma cidade inteira
apenas para te ver.

eu sinto falta de você.

de rir das pessoas que se arrumam demais para ir ao
shopping, dos que fazem pose e não relaxam a postura
nem mesmo quando estão se divertindo

sinto falta de pegar a linha vermelha do metrô
ao seu lado e te olhar
e de repente a gente se compreender sem verbalizar
palavra alguma, apenas oferecendo conexão e
dela se alimentando
e de descer na estação República,
fazer baldeação em direção
à Avenida Paulista e sempre questionar por qual razão
os nomes das estações estão nos lugares errados
e você criar uma teoria filosófica absurda para
explicar por que a estação Paulista fica na Consolação
e não o contrário

eu sinto falta de ser consolado por você.

falta de ficar andando com você observando
tristezas e paisagens
comentar que a vida está ficando dura e difícil
chorar em teus ombros dizendo que tenho medo também,
de não conseguir entrar na faculdade, amar alguém,
ser amado de volta
de assistir a algum filme muito triste em algum cinema
da Rua Augusta e voltar em silêncio por quase
uma hora porque falar seria aliviar o peso
do que acabávamos de assistir e não queríamos nos despir
do encanto, não queríamos tirar a roupa da
sensibilidade e ficar nuas diante da incompreensão
do mundo outra vez

este é um corpo que cai mas continua dançando

ir ao mesmo shopping, assistir aos mesmos filmes
falar a mesma linguagem

e eu te escrevo porque nos falamos semana passada
e você me disse que sente saudade, um sentimento
profundo de nostalgia por tudo o que vivemos em nossa
adolescência e lá permaneceu, nutrindo de sonho
uma vida que era muito menos complicada,
e no entanto, mais sensível, lúdica, feliz

porque eu fiquei te escutando chorar o fim de
um relacionamento de anos
e você dizia palavras como *tristeza raiva mágoa terapia*
e vários outros desabafos que foram abafados
pelo seu choro de mulher que cresceu porém a
cabeça permaneceu no passado, acreditando
na ilusão de que o amor romântico dura para sempre
e que eu deveria ter dito que o amor não só
não dura para sempre mas também se transforma
e vira muitas outras alegorias
como saudade, ausência, falta e uma vontade
absurda de estar perto, reconstruir caminho, reatar afeto

porque eu tenho pensado muito em você ultimamente
e na tristeza que é a gente crescer e deixar de visitar o amor
que tínhamos quando éramos adolescentes
aquela fase da vida em que tudo brilha e espanta os olhos
em que tudo assusta o peito e faz vibrar coragem

e é disso que sinto falta.

eu sinto falta de desbravar São Paulo contigo,

em lugares aos quais
não pertencíamos

eu te contava sobre a profunda tristeza que
formava meu juízo
você sorria e me oferecia consolo
você balbuciava que não sabia o que faria
com aquele incômodo que se alimentava
dos seus medos
você tinha muito medo de tudo

você tinha medo de metrôs lotados, levar *ghosting*,
pessoas estranhas te pedindo informação na rua,
gastrite ou qualquer doença gastrointestinal,
da solidão ou de ficar sozinha, da sua memória
esquecer o rosto do seu pai, da morte e
de qualquer assunto relacionado a ela,
que a vida seguisse e a nossa amizade
ficasse pelo caminho

e eu te escutava como quem pega um coração
com as mãos e acolhe
rebatendo que nossa amizade continuaria para sempre,
mesmo que escolhêssemos outra cidade para morar,
casássemos e construíssemos outra família, agora
distantes, onde telefonema algum fosse capaz
de nos resgatar

eu te dizia que você moraria na minha mente
por toda a vida, viveria solta e alegre e dançando
e existindo em luz dentro de mim
mesmo que eu não pudesse mais estar ao seu lado,

este é um corpo que cai mas continua dançando

Shopping Itaquera

hoje eu me peguei pensando em você
sentindo falta das vezes em que íamos ao
Shopping Itaquera
para tomar sorvete e contar da vida
tudo era muito pesado em casa
tudo nos tirava o ar
tudo nos causava espanto

eu atravessava a cidade inteira,
os vinte e seis quilômetros
que separam Guarulhos do resto do mundo, e o
coração dançava dentro do peito porque eu te veria e
nossas ansiedades teriam finalmente com quem
conversar

naquela época, não havia tantas redes sociais,
rotinas esmagadoras no trabalho, satisfações
para serem dadas, angústias da vida adulta
para ombros frágeis de maturidade

falávamos das nossas famílias e seus problemas
você me contava sobre o seu pai ausente
eu te falava que o meu era uma presença
quase inexistente
a gente chorava a angústia de morar

porém eu sinto falta
de ter com quem navegar neste barco solitário
da existência humana
cujo mar parece ir engolindo cada ano um pouquinho
mais de mim, meu corpo, minhas emoções
cujas águas geladas parecem tomar conta cada vez mais
da minha pele, fundindo-se aos setenta por cento de
líquido que já estão aqui e me formam por completo
tanta água em mim e eu continuo me afogando

eu tenho medo de desaparecer daqui uns anos
da mesma forma que as geleiras da Antártida
estão derretendo, deixando de compor paisagem
desaparecendo na dança e às custas do progresso

medo de parte de mim ir se destituindo ao passo
que a vida vai ficando cada vez mais solitária e difícil
e as pessoas sem tempo e afundadas nas próprias
asperezas e aflições

medo de sumir e ninguém notar que um dia estive
aqui e quase pedi ajuda

peço ajuda há um tempo

mas ainda é terça-feira
e a semana precisa continuar.

para ouvir com o vento no rosto: álbum CTRL, da SZA

este é um corpo que cai mas continua dançando

eles não conversavam comigo, então era mais fácil
dar as mãos para o que havia dentro
e me afogar no que em mim era transbordamento

por necessidade ou obrigação, aprendi a ir vivendo no
silêncio de minha própria companhia, ciente de que não
gritar era o que de melhor eu poderia fazer pelos outros
não pedir ajuda era o mínimo que poderia oferecer ao
mundo
ficar em silêncio era o esperado de pessoas como eu

você entende o que eu digo?
eu não sei se o mundo está preparado
para pessoas como nós

profundos desde a infância, sem motivo aparente
ou grandes causas
nascidos assim, mergulhados em uma espécie de
sensibilidade cotidiana, que muitas vezes custa
presença, palavra, calor

eu sinto falta do calor das pessoas que se importam
eu sinto falta da presença de pessoas que um dia
me disseram *"eu estarei sempre aqui para você"*
e que, no entanto, foram embora por destino
ou circunstâncias da vida

e veja bem: eu não as culpo
todos estamos à procura de um tanto
de sanidade e motivos para
continuarmos vivos

você pode me questionar se eu sempre fui assim,
triste e solitário,
e eu respondo que não me lembro de um dia sequer
em que me senti não menos do que deslocado
sempre inadequado em pessoas-países
sempre fora de ambientes-abraços

quando na infância, por exemplo, eu gostava de me
isolar
das outras crianças na hora do intervalo
eu enfrentava a fila da merenda escolar com um aperto
no peito, e rezava para que chegasse logo a minha vez
porque desta forma conseguiria me esconder do
restante da turma e ilhado me tornava pelos minutos
seguintes
até precisar retornar à sala
voltar à tona para respirar

estar em mim era o momento que eu podia, finamente,
recobrar ar e consciência

depois, na adolescência, quando passava horas atolado
em uma tristeza sem motivo pelo simples prazer de ter
alguma companhia para atravessar os dias
eu passava noites adentro trancado no quarto
escutando músicas e sentimentos para desaguar a
chorar incompreendidas emoções
de silêncios espessos que moravam na minha casa
de uma ausência de relacionamento que existia entre
mim e meus pais

este é um corpo que cai mas continua dançando

20 something*

é estranho chegar perto dos trinta
olhar para trás e perceber que uma solidão aguda
sempre acompanhou meus passos
e hoje me abraça com o peso de três céus inteiros

eu busco por contatos na agenda do celular
procuro por nomes conhecidos que se tornaram
desconhecidos para mim
quase mando mensagem à minha ex-melhor amiga
na esperança de que ela atenda e a gente
converse por horas e horas sobre como anda a rotina
de trabalho e a vida
os relacionamentos com os outros e
aquele mais doloroso e dilacerante: com nós mesmos

eu ensaio um pedido de ajuda para a terapeuta
ameaço enviar mensagem à minha mãe
desejo demasiado escutar a voz de um amor antigo
choro imparável na armadilha que eu mesmo criei

mas é terça-feira de um mês muito frio
pessoas trabalham ou vivem imersas em suas
próprias vidas imensas e atarefadas
e não há com quem compartilhar a angústia de crescer
e ir se tornando ilha, longe e distante de tudo

igor pires

enquanto isso, saio de casa à procura
de uma fresta de ar
alguma sensação que me dê o abrigo
de pensar que tudo é temporário
e que em algum momento a falta fará
sentido
mesmo que por ora eu acredite que não.

este é um corpo que cai mas continua dançando

às milhares de informações que
recebem diariamente
tentando não morrer de conversas que
nunca aconteceram
pais que jamais pediram perdão por errarem
projeções equivocadas sobre pessoas que
pareciam ser certas demais

não eram

há guerras acontecendo no mundo
neste exato momento
e é impossível falar de poesia agora
é impossível ir ao supermercado, comprar produtos *diet*
sorrir feliz e completo enquanto caminha-se pelas ruas
da cidade

o caos envolve a atmosfera das nossas vidas
e há pessoas morrendo de fome, depressão
abandono,
falta

porque estamos sendo imersos em ansiedades
maiores que o nosso corpo e
preocupações que afogam a respiração
em pensamentos que nos atravessam
como meteoro: e daqui dois anos, o que
você estará fazendo?
a quem estará amando?
quantos dos seus amigos estarão
longe de você?

um pouco perdidos, um pouco sozinhos, um pouco
infelizes com a vida que sobre nós se levanta e exige:
saia de casa
ganhe dinheiro
tenha alguém para amar

é fácil assim?
pôr os pés na rua
pagar contas sem se preocupar com o amanhã
ter com quem dividir glórias e angústias

sinto que estou me afogando o tempo inteiro,
sendo engolido diariamente por uma solidão que possui
o tamanho de um sol que nunca chegaram perto
os centímetros de um céu impossível de medir
a profundidade de um oceano que contém em si mesmo
todas as respostas para os problemas do mundo

mas lembra, a ciência ainda não chegou
ao final do oceano
não se sabe o que vem abaixo dele,
depois da imensidão de um
mundo que vai nos esmagando
a cada vez que tentamos
mudar de emprego, terminar um relacionamento,
se impor e dizer *não*

você entende o que digo?
porque tenho conversado com amigos
e todos estão vivendo a crise dos trinta anos
tentando conciliar saúde mental, emocional e física
tentando não esmorecer

este é um corpo que cai mas continua dançando

melancolia

muitas vezes, ando pela orla da praia
e me questiono se carregarei para sempre
esta tristeza dentro de mim
uma espécie de melancolia que mancha de
angústia qualquer momento que toco,
pessoa que abraço,
qualquer parte da vida que é azul e cintila

me questiono se sempre fui assim, afundado em solidão,
e meu peito aperta porque desde que me entendo por
gente um buraco estende os braços e se torna
a maior presença dos dias,
e de repente falta é o único país que meus pés já
visitaram
e ausência o único idioma que minha
língua conhece
o nome ácido que ela consegue pronunciar

eu adentro o metrô, cada pessoa vivendo sua rotina,
encarando a tela do celular como se encarassem
os próprios demônios
e seus olhares, tão cansados, denunciam que estamos
todos

e sinto medo de não conseguir olhar para as coisas
sensíveis que estão no mundo e me emocionar com elas
ignorar o que em mim sempre foi motivo para
encantamento,
como quando vou a alguma exposição sobre arte
e a lágrima em meu rosto é
parte da moldura do artista,
quando de frente para o mar me dá vontade de chorar
pois a infinitude da natureza me comove
quando diante do amor ainda me sinto um adolescente,
prestes a descobrir onde está o frio na barriga,
onde está o segredo de viver

mas tudo me dói com a intensidade de uma maré
esquecida no mar
com a força de um sol entre nuvens, ciente de que
sua existência é aguardada quando tudo ao redor
é acúmulo de chuva e tristeza
com o cansaço de um pulmão doente
e que nunca respirou o ar limpo da cidade

dói em você também?

o mundo avassalador de sonhos e coragens
a máquina de moer futuros e amores
a corrida para lugar nenhum?

desculpa ser sincero com você.

este é um corpo que cai mas continua dançando

meses atrás encontrei uma mulher na rua que
me disse: *"cuida das pessoas, mas cuida de você também"*
e a sua voz reverbera em minha pele até hoje como
a melodia de uma música que não termina nunca
e eu te pergunto: você tem cuidado de você?

você tem sido a pessoa gentil e generosa com este corpo
que sempre te sustentou, mesmo nos piores
e mais infelizes dias?

preciso te confessar um outro segredo: às vezes
penso em desistir de tudo.
sumir do mapa, passar anos longe e distante de todos os
espinhos do mundo, tão dolorosos e que rasgam
todas as versões de mim

ignorar e-mails de trabalho
ligações de pessoas distantes
ligações de pessoas próximas demais

e não por não amá-las, mas porque preciso um tempo,
profundo, para pensar em mim e em toda a cidade
submersa que vive dentro e também necessita de
cuidado

porque dentro de nós há cidades em festa
varais iluminados com planetas pendurados
constelações que brincam de pique-esconde
oceanos que não se desculpam por existir
mágoas que precisam ser vistas de perto, acariciadas como
a um filho que espera a mãe chegar do trabalho por
horas a fio

confissões para um mundo sem ouvidos

preciso ser sincero com você: sinto um medo
absurdo do mundo
do futuro que parece cada vez mais pesado e
desesperançoso
das guerras e da morte levando embora crianças,
pessoas inocentes, amigos que um dia sentiram
que suas vidas não valiam a pena

uma amiga me ligou semana passada
a voz encharcada de tristeza, dizendo que a demissão do
emprego havia lhe provocado algumas crises
de ansiedade e depressão
e por horas conversamos sobre como estamos
cansados e continuamos correndo, exaustos, mas
correndo

você também está cansado de correr?

me pergunto o que aconteceu no meio do caminho
para estarmos tão angustiados sobre a vida
e se ainda existe alguma esperança de que a gente
consiga olhar no olho da coragem e da sensibilidade
e dizer: ei, sejam bem-vindas para existirem aqui

este é um corpo que cai mas continua dançando

na intenção de continuar mostrando aquilo que não se é
construindo versões que não fazem jus ao que
realmente somos – *intensos, perdidos,*
carentes de contato
inventando versões rasas e superficiais apenas para
continuar alimentando a sensação de que pertencemos
mesmo que isso seja uma mentira
e de falsas aprovações estejamos morrendo
sem nos darmos conta

você está pensando demais e de novo
e ele ainda nem te respondeu.

você rejeita se conectar com o outro porque te
chamarão de *emocionada*
renega viver o melhor dos dias por pensar que a
qualquer sinal de deslize
uma plateia de desconhecidos te
apontará os dedos
lançarão vergonha sobre a sua verdade

e por se preocupar mais com o que há
fora do que dentro
você deixa de sair de casa para
tomar banho de chuva
de dançar sozinha e desimpedida no meio da rua
a sua música favorita
de chorar profunda e inteira
na própria vulnerabilidade

somos as pessoas demasiado preocupadas com o que
os outros vão dizer ou pensar,
de que forma vão nos machucar com comentários
ou desaprovações,
como seremos vistos ou lembrados, afinal

preocupados porque olhamos para o nosso
interior e menosprezamos a magia que é ter um
corpo sensível e um coração generoso
deixando de celebrar o que sobre nós
se manteve íntegro e repleto de intensidade

porém chegamos a este momento em que qualquer
mínimo movimento parece ser calculado
racionalizado

este é um corpo que cai mas continua dançando

uma ansiedade entra no quarto e te convida para dançar
enquanto você espera algum sinal ou presença
e você flutua sobre traumas de vezes que te
abandonaram sem se despedir
de vezes em que você disse *eu te amo*
e recebeu como resposta o eco estrondoso das relações
que não são recíprocas

então, em um curto espaço de tempo,
você o imagina lançando uma ausência de dias,
quem sabe semanas
se assustando com tamanha honestidade e retrocedendo
a um lugar de frieza e inconstância
abandonando sentimentos e deixando para trás
meses de diálogo
trocas afetivas
intuitivas emoções

somos a parte do mundo ansiosa e deprimida que não
consegue se entregar porque pensa sempre no pior
estamos a todo instante imaginando como será
a próxima fuga, o próximo adeus, o próximo buraco
cheio de presença da ausência de alguém

e por esta razão deixamos de nos entregar
verbalizar o que carregamos com tanta preciosidade e
não compartilhamos com quase ninguém
voltando para casa sozinhos,
com a fagulha de uma paixão
enterrada por traumas
e etiquetas sociais
e modos corretos de se relacionar

pensando demais

estamos pensando demais e de novo

imaginando maneiras furtivas que as pessoas terão de ir
embora das nossas vidas
criando hipóteses para um possível fim que ainda
não aconteceu
nos engasgando com o silêncio pontiagudo depois de
termos enviado uma mensagem
em que nos mostramos tão
vulneráveis e entregues a este relacionamento

"preciso te falar uma coisa: estou gostando de você"

repentinamente, o seu coração está acelerado
a boca seca de medo e angústia
as mãos trêmulas porque pensa que se abriu
como não deveria
feito um oceano imparável que invade avenidas e alaga
de humanidade o mais desértico dos bairros

internamente, algo te diz que não era preciso ter se
aberto assim
mostrado a parte do corpo que pulsa e está viva
o mapa para o tesouro que há dentro,
a sensibilidade que desde cedo alimentou todas as suas
sombras

*somos a parte do mundo ansiosa e deprimida que não
consegue se entregar porque pensa sempre no pior.
estamos a todo instante imaginando como será
a próxima fuga, o próximo adeus, o próximo buraco
cheio de presença da ausência de alguém*

este é um corpo que cai mas continua dançando

nenhuma fresta de desejo por dias melhores
porque eles virão
porque a vida rasga e emenda,
como diria Guimarães Rosa
porque só assim é possível dizer que se está viva
e pulsando

afinal, as pequenas tentativas de sobreviver
não precisam te salvar todos os dias, mas
te farão compreender a importância de
ter uma pele que vibra
e um coração que voa

de ser a marinheira dos próprios sonhos
e embarcação

eu te vejo porque estamos aqui
no mesmo barco do sentir.

choro traumas da adolescência e medos sobre o que
fazer amanhã
e relacionamentos que fracassaram porque
eu também fracassei — comigo

eu te entendo porque sofremos da
mesma linguagem: ser intenso
foi um presente recebido que não
pedimos a ninguém

mesmo assim, eu te peço, continue tentando a vida.
continue perseguindo seus sonhos, aqueles que você
guarda com cuidado e intimidade no âmago de si mesma,
das rezas e orações que apenas você e deus conhecem
de dias em que você olha para o céu e para dentro
e pede: *"universo, me ajude a passar por isso
da melhor maneira possível"*

continue olhando para o mundo e se permitindo o
encantamento e os olhos marejados diante do
milagre que é observar a criança brincando na areia
à beira do mar
um casal de idosos passeando de mãos dadas pela
orla da praia, séculos de história ferindo de intimidade
o mundo triste e desalinhado dos que nunca se
permitiram conexão
um pôr do sol no meio de um dia chuvoso e que
não se traduz

permitindo que a vida te atravesse, não te negando
nenhum susto ou afeto
comoção ou confronto

este é um corpo que cai mas continua dançando

te vejo gritar um choro que ninguém percebe, estão todos
ocupados demais vivendo suas vidas célebres e solitárias
ocupados demais fumando vinte cigarros por dia,
ingerindo notícias e informações
que não guardarão no coração
pelas próximas horas,
anestesiados com o correr de uma vida
que vai moendo quem se atreve a parar para descansar

(quando foi a última vez que você descansou?)

eu te vejo, sufocada no parapeito da janela, pensando
que talvez, e só talvez,
o lugar seja o mais chamativo dos convites
a mais convidativa das pontes
o momento ideal para te libertar de toda a dor
que amarra teus pés e te puxa para baixo
feito âncora

e escrevo tais palavras pois eu te
vejo e estou no mesmo barco que você

porque me tranco dentro de mim e me assusto
com os fantasmas da infância e com o amor que não recebi
me atolo em angústias sobre o futuro e em perdões
que ainda não apareceram, custo a crer que um dia
estarão aninhados em meus braços
grito de dor e de ausência e de falta mas
ninguém escuta
nem mesmo eu

sonhos

eu te vejo correndo atrás dos seus sonhos
chorando comprimida para equilibrar as tarefas
do trabalho, de casa,
a bagunça que vive dentro e cresce a cada dia

chorando desamparada enquanto escuta a música que
um ex-amor te apresentou,
a lágrima molhada e pesada das memórias
que ainda não abandonaram o seu corpo,
pelo contrário: são a sua única
companhia quando ninguém está

(e ninguém está há tanto tempo)

eu te vejo se afogando, as mãos para cima em sinal de
que algo está errado;
os pulmões se despedindo lentamente
do ar e da vida;
as esperanças todas fora do lugar, assim
como a mente, que não consegue ficar em paz há
pelo menos alguns meses

este é um corpo que cai mas continua dançando

e as cobranças,
mais constantes e palpáveis.
você parece não se lembrar se o ódio a si mesma e
a falta de amor pelo próprio corpo são uma presença
mais recente ou se foram companhias que sempre
te perseguiram e só tinham vergonha de se mostrar.

e por isso procura por dietas para evitar
comer o que deseja, permanece em lugares
e espaços minúsculos para que
a sua presença seja percebida em uma espécie de pedido
de ajuda, se permite estar em pessoas
que te oferecem uma fagulha de afeto
porque não ter nada ainda é o pior dos breus, mas não
consegue perceber: tudo o que é muito pouco
não merece nossa permanência,
tudo o que é escasso causa hemorragia na boca e na
fome de viver

me conta que eu quero saber antes que
a sessão de terapia acabe e você volte para casa
se maltratando ainda mais.

me conta

*qual foi a revista de beleza que te fez acreditar que você não
era bonita, autossuficiente, inteligente ou fácil de amar?*

porque faz anos que você não consegue se despir
na frente de alguém sem se sentir pressionada pelo
peso de quatorze estrelas, como se carregasse
uma bomba-relógio nas mãos, uma promessa
que não cumpriu, a pior mentira do mundo

        o que foi que te assustou e nunca mais
        voltou para te pedir desculpas?

no verão de qual década você começou a considerar
escondê-lo e machucá-lo com olhos desatentos
palavras molhadas de desafeto
e percepções rancorosas de quem encontrou a palavra
mágoa e, desde então, a tem perseguido como se
procurasse pela mãe no supermercado
e a partir disso nunca mais voltou a se enxergar
com oceanos pacíficos
ternura sagrada
modos de se acarinhar?

o que aconteceu?
o que você viu
o que deixou de ver

o problema é que agora, na metade do caminho
entre os vinte e os trinta,
a vida foi ficando mais turva,

este é um corpo que cai mas continua dançando

espelho porque isso implicaria em dar atenção
a todas as imperfeições, falhas, ausências, buracos e
traumas, e isso você não queria,
em hipótese alguma, de jeito nenhum

me conta, eu quero saber

de quando começou a odiar o seu corpo e a ter
vergonha dele
de modo que deixou de levá-lo para fora de casa,
para as sociais na casa de amigos, para a praia ou a
qualquer lugar que, antigamente, costumava ir
para ofertá-lo cuidado, carinho, serenidade
para honrá-lo com oferendas,
afeto preciso
amor infinito

você deixou de acreditar em si
desistiu de sonhos que escrevera nas portas de casa
e em cadernos imaginários quando a adolescência
começou e os pelos tomaram conta dos braços
e de toda a pele
de se encantar com as descobertas que fazia
sobre o próprio universo, no momento exato
em que percebeu que gostava mais de números do
que de palavras, talvez fizesse sentido cursar
astronomia, estrelas sempre foram suas favoritas

agora você mal olha para o céu, a frustração das
expectativas que não aconteceram está atolada
em teu peito, te impedindo de respirar

você lembra quando a mágoa de si mesma
começou a escalar o couro cabeludo
o ressentimento contra o próprio corpo iniciou
guerras incessantes,
a tristeza contra o próprio coração
começou a inundar seu quarto?

porque eu gostaria que você me contasse.

do momento exato em que a percepção sobre
si mesma mudou.
em qual verão você trancafiou aquela
criança cheia de sonhos e luz
para dar lugar a alguém com pouca
fé no próprio movimento
e na capacidade de se reestruturar
dia após dia

em que ano começou a olhar para o próprio
corpo se sentindo uma estrangeira nele, alguém
que já não conseguia mais compreender o milagre
que é vestir esta pele, tecer sonhos
para o amanhã,
ser especial nesta galáxia inteira.

em qual mês, precisamente, você deixou de se olhar no
espelho por prazer e começou a ignorar o reflexo do
próprio corpo, que dizia, muitas vezes, sobre algo
estar errado,
talvez a saúde, às vezes o emocional, quase sempre
o que morava dentro?
em qual dia da semana você parou de se olhar no

este é um corpo que cai mas continua dançando

e agora, na vida adulta, onde não há com quem
dividir o peso de que, não importa o que faça, e do quão
sensível, bem-sucedida, dona de si e interessante seja,
nunca será suficiente

semana passada, dois rios nasceram em seus olhos
enquanto contava à terapeuta sobre esta nova pessoa
que apareceu em seu caminho como quem não queria
nada, te revirando do avesso, acessando seu momento de
maior intimidade, nua e desprevenida,
sem barreiras e protocolos,
viajante de primeira adrenalina, território incapaz de
reunir guarda ou exército,
para depois desaparecer, sem ofertar
nenhuma satisfação, sem nenhum porquê da partida

insuficiência é o meu sobrenome, a voz continua,
"eu me sinto sempre descartada, como se ninguém,
de fato, se importasse ou pudesse ficar", mostrando o
sorriso amarelado de quem já está cansada de tentar ser
boa para todos à sua volta, menos para a pessoa que
sempre esteve aqui

"eu não sei o que há de errado comigo", segue dizendo,
e emudece por minutos, esperando uma resposta divina ou
palavra da profissional que está ali, bem à sua frente, algum
conselho ou discurso que te retire do estado de inércia
que há anos te abraça sem a intenção de ir embora

faz alguns anos que você se sente assim, quebrada,
sem saber onde o estrago todo começou

sessão de terapia 2

você chora antes de dormir porque se sente
inadequada demais, com marcas de anos anteriores
atravessadas na pele e na garganta
há tanta ventania que gostaria de ter dito da última vez
que se sentiu abandonada - pela vida, por *deus*, por ele

com cicatrizes de décadas em que precisou se diminuir
para caber: nas expectativas da mãe,
nos desejos do primeiro namorado de que
você fosse ilha enquanto
tudo queria se tornar continente,
no silêncio do pai que nunca soube
como oferecer presença
com inseguranças capazes de destruir a mais protegida
das cidades,
quebrar a mais intacta das fés

colhendo lágrimas das pálpebras e do coração,
porque se recorda de todas as vezes que foi
rejeitada, primeiro no colégio, de repetidas formas,
sob a justificativa de que algo sobre você não estava
no lugar;

recuperando alguma forma de me olhar
com mais gentileza e viver uma vida
sem pedir tantas desculpas

sem me ferir tanto assim.

este é um corpo que cai mas continua dançando

eu saboto o amor e depois danço com todos os
motivos de não ter me aberto como deveria
eu me traio todas as vezes que procuro fora o que
dentro de mim é magia e levanta os braços para dançar

porque me isolo de amigos, passo semanas sem
sair de casa, abraço a solidão e acredito que este é o
meu caminho para sempre.

eu me afundo em paranoias que crio
me afasto de pessoas que me amam e torcem por mim
me isolo em uma melancolia aguda,
me impeço de visualizar
quanto amor existe do outro lado da fronteira,
depois da primeira porta do apartamento,
atrás de todos os medos
traumas
e anos
mendigando carinho
e presença
e tudo

porque estou à procura de uma parte minha
que ainda permanece intacta, ingênua,
que não foi vencida pelo mundo
e por ele não foi roubada

uma parte tão íntima e poderosa
que estar aqui, escrevendo, é
ir me recuperando, aos pouquinhos,
de uma ausência que nasceu comigo
e pronuncia meu nome

possível alguém fazer amor comigo e minutos depois
me subtrair a algo tão pequeno
um objeto minúsculo e sem valor

eu passei meses com a voz dele enrolada
ao meu pescoço, pensando mesmo que devia
merecer tamanha rejeição

porque eu vi meus pais terminarem
um casamento de vinte e três anos
e a ideia que havia nutrido sobre o amor
acabou indo embora junto com o lar que
eles construíram
de repente, me vi sozinho com o conceito de
família entalado na garganta
as solidões de quando eu queria receber afeto,
mas ambos estavam imersos
em suas próprias angústias e tristezas de precisarem
seguir em frente
sendo maduros e adultos, afinal

porque perder é um país que ainda não
me acostumei a visitar
e de receio sou feito ao me deparar com tudo
aquilo que pode se esvair e ir embora: a imagem do rosto
de alguém que me viu para além do muro
momentos com pessoas que amei profundamente
recordações de quando a vida foi tão boa que me vestiu
de sonho

porque eu sou a pior pessoa para mim.

este é um corpo que cai mas continua dançando

porque, depois que cresci, às vezes continuo
permanecendo mesmo quando há dor e
não quero mais ser assim.
eu fico em: empregos que pagam mal,
ambientes sem janela para o mundo,
relacionamentos sem saída.

porque eu não sei terminar: relações de trabalho
relações com amigos que deixaram de se tornar
confidentes e companheiros de estrada e ressentimento
relações com amores que já não fazem cócegas
na borda do meu coração

eu vou ficando, por não saber como lidar
com a ausência e a falta e o que vem depois.
por não saber como voltar à tona para respirar e
perceber que ainda há um mar, imenso,
me convidando para conhecer outros modos de vida,
outros jeitos de suturar a pele e preenchê-la de amor

porque eu não sei como ir embora,
então traço estratégias para fuga,
levanto diálogos na terapia,
ensaio de frente para o espelho como partir,
mas coragem é uma palavra que não
aprendi a escrever ainda.

porque a primeira pessoa para a qual me entreguei
me olhou nos olhos e disse que me odiava
era uma terça-feira à noite dentro do seu carro branco
e naquele dia eu voltei para casa pensando como era

sessão de terapia

estou aqui porque tenho
algo para confessar: há duas décadas travo
lutas diárias contra o meu próprio corpo
e o transformo em um campo de batalhas
em que muitas vezes o único soldado
do massacre sou eu

porque, aos cinco, conheci o gosto da palavra abuso
pela primeira vez
e desde então fico tentando me equilibrar
entre não pedir ajuda para não incomodar e
permanecer no desconforto
para não ser abandonado

porque desde então eu durmo com ela,
rezando para que alguém descubra a razão
pela qual eu sempre estou no começo
da palavra da entrega, medroso de que me vejam
com maior profundidade

eu digo para as pessoas: *aqui não*
aqui vocês não vão entrar
e elas obedecem, pois se cansam de mim
e finalmente vão embora

este é um corpo que cai mas continua dançando

e inegociável, mas crescer saudável e iluminada também
é. e está na hora de voltar a fazê-lo. não tenha medo:
estamos prontos para te ver tentar uma vez mais.

fascinante. dos invernos que mataram as abelhas, os
sonhos de futuro, a imaginação que te fazia desenhar
cenários melhores ao redor do próprio corpo. que você
se recomponha dos dias que passou mais tempo na cama
do que admirando o sol e dos dias em que morte foi um
convite agridoce em sua boca.

pequena-grande samambaia, seu corpo cresceu, mas
não precisa perder a água que te nutre e a essência para
continuar existindo no mundo, brilhante como foi
um dia. eu sei que o mundo destrói os nossos sonhos
mais íntimos e mancha de angústia nossas belezas
secretas e escondidas, mas é preciso lutar e resistir. é
preciso continuar atenta e forte para crescer e retomar o
espaço interno, o mundo mágico que vive dentro e está
submerso, pedindo para ser encontrado. é necessário
retomar os milímetros das paredes da sala, do quarto,
cozinha, banheiro, coração. recuperar o que vibra e
pede por verdade. é preciso abraçar a própria casa
com a vida que não para nunca de evoluir e de exigir
postura, ainda que com pequenos machucados, mesmo
que com o caule quebrado, às vezes sem galho, às vezes
sem folha. pequena-grande samambaia, quando nasceu,
você assustou um mundo inteiro ao abrir os olhos pela
primeira vez, e espero te ver abrindo-os novamente
muitas vezes a partir de agora. recuperando a alegria
de viver, dizendo sim para amizades profundas e
verdadeiras, desvencilhando-se de mágoas que pintaram
o seu avesso de rancor por tantos anos, se permitindo
ser surpreendida pela vida, que vez ou outra te exigirá
coragem para se impor, dizer teu nome em voz alta, ser
dona de si e do mundo que quer conquistar. viver é duro

os lugares que um dia já foram lar para os sentimentos mais genuínos e sensíveis que te compunham. você se olha no espelho, esmiúça o olhar, questiona se em algum momento conseguirá se reconectar com uma parte sua vulnerável, encantada e afetada com a chuva que molha de vida desertos e pessoas; com o mar soberano e indivisível, com o amor que um dia serpenteou pelo corpo e fez da pele a avenida por onde passam escolas de samba.

você era uma pequena samambaia quando nasceu e eu desejo que volte a se tornar a planta orgulhosa de si mesma, que se desnuda diante da luz do sol e abre os braços para o sensível que há no universo. que se permite chorar ao perceber que está crescendo, sendo arrebatada pelo tempo, e por ele está esticando os braços pelas paredes de casa, coração. expandindo de presença e bem-estar o corpo magnífico e nutrido de esperança no amanhã. saindo do modo automático de existir e parando para cuidar afetuosamente da pele vasta e cheia de pequenas rachaduras. a ausência dos seus pais. a solidão da vida adulta, que te corroeu mais do que você pôde imaginar. a falta dos amigos que um dia te disseram que vocês nunca iriam se separar, mas os anos correm e o mundo passa por cima e o universo às vezes nada faz. que você volte a encontrar um sentido no que ama e ame intensamente o que conseguir segurar em seus braços, em paz e em segurança. e se cure. se cure dos anos em que você mais doeu do que sorriu. se cure dos outonos que te rasgaram de tristeza e baixa autoestima. se cure dos invernos rigorosos, que congelaram as borboletas que viviam dentro e te faziam criativa, sonhadora,

como descansar. quando se deu conta, uma depressão já havia tomado parte da respiração, pensamentos, modos de se relacionar. já havia levado a vontade de comer a cada três horas, um pedaço do sono, metade da vida social. você ficou amarga e ressentida, tinha poucos momentos felizes e leves e necessários para esquecer o quão esmagada estava pelas tarefas do mundo e da vida adulta. você se transformou em uma máquina de produzir cuja função é entregar, bater meta, bater cartão e performar. e palavras como *espontaneidade*, *afeto* e *sensibilidade* foram colocadas no bolso de uma calça que poucas vezes você usava, alheia ao que é necessário e importante na vida.

eu te vejo agora. em círculos sociais que te afetam e desmoralizam, mas não o suficiente para que você se rebele ou faça com que suas dores sejam ouvidas. *"mas é preciso ter alguém com quem contar, melhor do que ficar sozinha",* você se diz, quando chega em casa. em lugares que te roubam de você um pouco a cada dia, esmaecendo versões antigas sensíveis, alegres e encantadas com o mundo. matando, a cada primavera, um pouco da menina que costumava brilhar os olhos ao estar de frente com o oceano ou chorar de emoção mediante ao voo de um pássaro. levando embora a adolescente que beijou uma menina e quis, por meses, morar em sua língua, dividir os mais profundos sonhos e compartilhar as mais íntimas feridas. o beijo, que outrora era bom e te fazia suspirar de encantamento, hoje vira um jogo, e o vício por qualquer rasa presença, mais um motivo para se entristecer. você sorri, mas por dentro um terreno baldio vai tomando conta de todos

automático dos dias que se arrastavam vazios, inférteis de emoção. e quanto mais você tentava permanecer acesa, germinando, uma nova tempestade vinha te apagar, um extintor de incêndio te manchava de vazio. quanto mais você levantava a voz para ser ouvida, do outro lado da sala alguém falava ainda mais alto para te silenciar. você foi sendo minada como um município que se prepara para receber uma guerra. e sentia: as bombas seriam arremessadas em você.

e você parou de olhar para as próprias feridas, observar o que doía e calcificava. deixou de examinar onde eram os cortes, quais partes de si ainda fazia sentido tentar curar, quais pedaços precisavam, urgentemente, de olhos mansos e mãos laboriosas. você precisava regar as plantas da sala, os relacionamentos amorosos e afetivos em todas as esferas sociais, abraçar pessoas que muito te exigiam e pouco te entregavam. você precisava sair aos finais de semana para distrair a mente, beijar na boca de desconhecidos e com eles se magoar, se enganar com presenças alheias que, em vez de te alimentarem, com mais fome te deixavam. por isso, os machucados foram expandindo territórios e partes do corpo e uma ausência de si começou a conversar contigo diariamente. por vezes, você se perguntava: *o que eu estou fazendo comigo*. quando se deu conta, havia sido trancafiada em uma solidão contemporânea típica de todo adulto nascido na última década do século passado. quando percebeu, se viu acordada às três da manhã de um terça-feira, chorando e com o coração na ponta da proa do barco, porque precisava entregar um projeto para seu chefe e tinha sono, porém não sabia

nunca havia sido machucada pelo mundo. você falava dela para as suas amigas como se estendesse uma roupa no varal, a crença na luz do sol te acompanhava durante todo o dia. você tinha um quente no peito que ninguém esfriava, os muros das casas do bairro sabiam teu nome, os rios se levantavam para que você passasse com a leveza de um corpo que finalmente encontrara o vaga--lume de que tanto se fala. borboletas voavam dentro do teu estômago, mas não apenas: uma cidade inteira se erguia para te celebrar.

e aí algo te aconteceu.
a vida adulta te aconteceu.
o mundo avassalador te aconteceu.

começou quando você precisou conciliar choro com trabalho; ansiedade com provas na faculdade; tempo consigo mesma e com os outros. te faltava espaço. *dentro.* você começou a se sentir sufocada por tantas demandas ao mesmo tempo. a janela do apartamento que quebrou e o chuveiro que queimou e uma amiga próxima que ficou doente e as exigências dos clientes da agência que aumentaram e o amor que foi embora. não cabia espaço para respirar. não cabia tempo para olhar com carinho para si mesma e descobrir o que ainda fazia sentido, fazia sentir. para as folhas que viviam dentro e estavam ansiosas para se desenvolver, virar jardim, infestar o coração com abelhas, pássaros solitários e cores cintilantes do que cresce e se alimenta de vida. parecia impossível erguer o corpo dentro da areia movediça que te puxava para baixo a cada instante que você queria esboçar alguma reação, sair do modo

e depois, quando teu coração correu acelerado ao sentir a beleza do inexplicável. era uma tarde de sol de dezembro e você foi levada à praia para sentir a areia úmida sujando os pés e as emoções, o mar gelado aquecendo de novidade a pele menina de alguém que nunca tinha sido imersa no infinito. você ficou brincando com a água a tarde inteira, incendiando de infância o mundo corriqueiro dos que, adultos, nunca souberam como mergulhar. mas você era uma criança que gostava do oceano, de tal modo que pensou ser capaz de trazê-lo para casa, como um brinquedo que a gente esconde com medo de perder. nesta idade, no âmago do teu peito e do que não conseguia nominar ainda, você já perdia, e a angústia de não saber o que exatamente dançava em teu inteiro, crescia em teu interior.

você já era uma adolescente cheia de dúvidas e espinhas quando o gosto do primeiro beijo permaneceu cintilando por dias no céu da tua boca. *"então é assim que adultos se apaixonam?"*, tua pergunta cortante chegava ao colo dos teus pais, propunha indelicadamente uma espécie de diálogo. você ficou com a língua dela dentro da boca por meses, tinha decorado a textura e o sabor, e da memória fez um presente que se concedia diariamente: queria continuar lembrando como era o gosto de se sentir amada.

pouco tempo depois, se viu afundada em um relacionamento que te fez plena e confiante, te tornou um cavalo-marinho num aquário cheio de tubarões. você amava com o peito aberto e os olhos de quem

a samambaia

você era uma pequena samambaia quando veio ao mundo, os gritos ao abrir os olhos avisavam que alguém imenso estava prestes a acontecer. o corpo, assustado, desafiava a curiosidade dos médicos e daqueles que não sabiam que desde o primeiro susto você estava destinada a brilhar. e você vem rabiscando o céu de coragem desde então.

na primeira vez que você falou palavra, teus pais ligaram para todos na família para contar a novidade. *"ela finalmente disse mamãe".* os vizinhos ficaram sabendo. a TV local deu a notícia. até deus, via telefone sem fio, escutou que você, enfim, conseguia decifrar o mistério da linguagem. a cada vez que você formava qualquer fonema ou conectava vogais e consoantes, seu pai se permitia chorar uma lágrima genuína e generosa, enquanto sua mãe filmava teus pequenos passos, que sempre descobriam novos caminhos e jeitos de tropeçar. tudo em você era aprendizagem, mesmo os erros de tentar compreender como era possível permanecer em pé por muito tempo apenas com a força e habilidade do próprio corpo. tudo em você era a força tempestiva de uma única gota no mar.

eu sei que o mundo destrói os nossos sonhos mais íntimos e mancha de angústia as nossas belezas secretas e escondidas, mas é preciso lutar e resistir. é preciso continuar atenta e forte para crescer e retomar o espaço interno, o mundo mágico que vive dentro e está submerso, pedindo para ser encontrado.

Corpo

eu mereço não fugir
de quem eu sou

**este é um corpo que cai mas
continua dançando**

corpo	16
queda	104
dança	170

vezes, para se levantar em todas elas e continuar. andando com pés livres e coração sensível em direção ao vento gelado no rosto, ao mar infinito que te recebe de braços abertos, às manhãs que te celebram e celebram a sua presença. sendo aberto e receptivo aos teus sonhos, tão grandes e íntimos e só seus. às pequenas felicidades que você esconde debaixo da manga, de uma pele machucada por anos e anos de autoflagelo. às alegrias que vão se acostumar a visitar a tua casa, o teu rumo, o caminho por onde passarão teu corpo cheio de fé e a esperança na construção da revolução que se segue. uma carta de amor para as pessoas que estão se sentindo neste instante sozinhas, avulsas, perdidas, sem propósito, como se o peso da vida fosse o único destino para onde ir. com batalhas diárias para vencer e guerras internas silenciosas que parecem perdidas, mas não estão. carregando dores e mágoas que não contam a ninguém, porque se contarem serão mal-interpretadas e a agonia de se verem sem saída já é uma realidade que não conseguem suportar. escrevo este livro para todas as pessoas longe de suas casas, aquelas que não conseguiram levar consigo parte do sorriso da mãe ou o afeto do pai. as que tentaram, mas olham para si e não se veem capazes de receberem o amor, de carregarem-no com coragem e postura. escrevo este livro para todos os que erraram ou machucaram alguém. os perdidos e desencontrados. os humanos, tão humanos, que encontram nas próprias ausências lições de vida e resistência. aqueles que fracassaram, mas não perderam o encanto, sabem que através da ternura é possível dançar sobre pregos enferrujados. aqueles que estão vazios de expectativas e temem não ter tempo suficiente para fazer dar certo, seja lá o que isso, neste sistema injusto, possa significar. para quem chora pela manhã a caminho do trabalho. quem precisa de um abraço e não sabe pedir, está atolado com feridas de relações passadas. a quem foi deixado para trás, de alguma forma, de tantas formas, sem se permitir desabar. este livro é um abraço, a resposta, o meu amor. desabem comigo.

ouvidos costurados ao céu, por um pouco de presença. eu rezava, dizendo: *tem alguém aí? há alguém aí com quem eu consiga me dividir? há alguém aí que me diga se estou no caminho certo? se eu sou o caminho certo?* porque eram muitas as ausências de anos anteriores e me assustava os olhos que os anos seguintes também pudessem ser daquela maneira. me assustava a ideia de viver sem alcançar meus sonhos, ser feliz e forte, dono de mim e minhas vontades. me assombrava a ideia de não conseguir voltar para casa com as mãos cheias e os ombros leves e um sorriso que dissesse ao meu pai: pai, eu consegui! eu finalmente me encontrei. porque é tão fácil se perder. se desiludir e fazer as malas para ir embora. daqui. de si. do mundo. olhar para dentro e não ver sentido, deixar de compreender que tentar é o que de mais importante precisa ser feito, precisa ser dito, precisa ser vivido. é a tentativa que nos salva. é a fome pelo que não existe concretamente que nos pulsa, nos vibra, dá propósito. porque é convidativo fechar a janela e se acostumar a não ser recebido pela luz solar. mas eu peço. imploro. abra as janelas. siga em frente. sorria grande. possua tudo com a infinitude das tuas mãos. abrace firme as tuas convicções. acredite que dentro está a tua cura e o teu caminho. e que em você habitam sonhos ancestrais, festas inadiáveis, motivos para celebrar. e é só o começo da tua existência.

por fim, este livro é uma carta de amor. a esta fase da vida em que tudo parece desmoronar ao redor das expectativas e todas as certezas assistem à queda de projeções grandes demais para ombros ainda minúsculos de sonhos. este momento da experiência humana em que cair parece o correto a se fazer porque seguir em frente é se deparar com a liberdade que tanto queríamos quando adolescentes e agora, diante de um mar de possibilidades, o corpo atemoriza e pensa em voltar atrás, para casa, para o colo de quem já não está no retrovisor da jornada, zelando pelo caminho. você vai cair, sim, incontáveis

os vinte parecem ser a idade perfeita para cair. para oferecer ao próprio corpo a adrenalina de carregar o mundo inteiro sobre os ombros e, ainda assim, ser capaz de voltar para casa e ter a audácia de sonhar. para abrigar o pensamento que submerge nas expectativas sobre o futuro e tentar equilibrar tantas cobranças — de fora, dos outros, de dentro. como faremos para crescer sem perder o encanto. como conseguiremos amadurecer a pele sem deixar de acreditar que viver é um milagre da existência humana. como será possível evoluir sem perder o carinho de olhar para as pequenas coisas e por elas se encantar. os vinte são o momento oportuno para ter as projeções espatifadas no chão da realidade. de repente, não sabemos como lidar com a liberdade que tanto queríamos na adolescência. pedíamos: *queremos ser livres.* e então há um mar à nossa frente, mas não sabemos como bater os braços para atravessá-lo. e desconfiamos: será que um dia soubemos? porque lá fora a vida nos convida a compreendê-la com um pouco mais de profundidade, colocando debaixo da língua situações que vão demandar coragem, escolhas difíceis e pessoas que devemos abandonar. pois, de maneira dolorosa e, muitas vezes, inevitável e silenciosa, deixaremos na memória a adolescência que machucou, as amizades que embalaram noites e histórias engraçadas, o ímpeto de achar que éramos invencíveis, quando, na verdade, tínhamos medo, mas sobreviver era o único destino para o qual estávamos dispostos a embarcar, o único bilhete para a tão sonhada salvação.

nos últimos anos eu conheci o amor e a queda. colecionei sonhos maiores do que meus ombros minúsculos de coragem. tive medo de não amar e não ser amado. de não ter amigos com quem desabafar sobre o peso de não saber onde colocar minha existência neste mundo. não ter para quem contar que um vazio se esticava em meu interior e eu não sabia como mandá-lo embora. quantas noites dormi rezando, pedindo para deus ou alguém que tivesse os

emocionais que vão se cristalizando no âmago dos dias sem companhia. e a inconsistência social que te persegue enquanto você tenta fazer novas amizades sem perder aquelas com quem dividiu glórias e tristezas, partilhou coragens e tolos comportamentos, magoou e foi magoado. você tem medo da memória esquecer quem te ofereceu sorrisos quando tudo ao redor era mágoa e choro, destruição e vontade de sucumbir. receio de desbravar o mundo e perder aqueles a quem jurou lealdade, traçou planos sobre qual seria a grande viagem que fariam quando adultos, costurou palavras de eternidade debaixo da cama, jurando com os dedos mindinhos que seriam confidentes para sempre, para sempre. porque você dizia a eles: *nós nunca nos separaremos.* mas a vida adulta não liga para os planos que fizemos sob noites enluaradas e vira os ombros para todas as promessas que pintamos no céu do quarto de alguém que nos ofertou carinho. ela não faz questão de trazer conosco a inocência que alimentamos na infância, quando constelações dançavam sem parar no céu e o mundo estava enfeitiçado de ternura pois em nossos olhos constavam magia e delicadeza. subitamente, você se lembra de uma amiga da escola que te ensinou álgebra ou chora de saudade de uma prima que costumava te visitar nas férias. a imagem da avó está pendurada na parede de casa e no pingente que você carrega para onde for, porque a ausência é a única presença que te visita quando os outros não estão. a vida adulta nos arrasta mesmo. passa por cima. leva fotografias, momentos que vivenciamos com o peito quente e a certeza de que seria mais fácil. tudo seria mais fácil. a vida vem e vai levando, um pouco a cada dia, as horas essenciais, os finais de semana que em teoria seriam para o descanso, a saúde mental em empregos que não pagam bem. e vai esmaecendo um pouco dos sorrisos espontâneos e da pureza de quando o universo era uma pequena caixa iluminada, de um brinquedo ganho no aniversário de dez anos.

eu precisava chegar lá porque lá foi o lugar que eles não conseguiram avistar, lhes fora negado o direito ao sonho e ao acesso. eu precisava ultrapassar a linha dos que fizeram o sacrifício de me nutrir não apenas de comida, como também de sonho e esperança. e eu tinha medo. de esquecer a minha criança do passado, aquela por quem eu lutava secretamente as mais impiedosas batalhas, para preservá-la em um lugar bonito na memória, para honrá-la por ter sobrevivido e ter chegado até aquele momento. eu dizia: *nós vamos conseguir. um dia nós escreveremos a nossa história.* a angústia de falhar com ela, de não conseguir abrir marés e oceanos com as próprias mãos, não conquistar os reinos que lhe prometi, os castelos de areia que, anos atrás, lhe disse que construiria quando conseguisse tempo o suficiente para respirar. a angústia de não vencer o sistema, porque o mundo muitas vezes seleciona quem é merecedor de vitórias, quem deve se sentar à mesa para jantar sucesso, quem deve padecer de fome e de derrotas. por isso, os ombros pesados e o choro fragmentado durante o dia e a ansiedade de não saber se eu tinha escolhido a faculdade ideal, a profissão adequada, o caminho correto. por isso, a terapia às sextas-feiras para lidar com as diversas faltas, porque faltava eu; e faltava a minha mãe, que raramente dizia eu te amo, filho; porque faltava um filho que, com frequência, também dissesse *te amo, mãe.*

o começo dos vinte é o período mais complicado da vida. é difícil ajustar o volume da risada. compreender de que maneira a sua presença é bem-vinda nos lugares ou nos braços de alguém. discernir quem vem para construir permanência e quem está aqui para desmantelar — as esperanças ingênuas, a fé no amor, modos de se relacionar. de que forma é possível equilibrar vida social e amorosa, as funções do trabalho, os relacionamentos com amigos e família, tantas outras dentro de si mesmo. como é possível organizar a bagunça de casa, aquela que se empilha no interno, os acúmulos

a minha adolescência foi caótica e sozinha. eu precisei sair de casa para estudar em outro estado no auge dos vinte, e de repente havia um mundo infinito para ser descoberto, batalhas cotidianas para serem vencidas e traumas que precisavam dos meus ouvidos atentos para ouvi-los. muitos lugares precisavam de cura e afeto, principalmente eu. era necessário me desvencilhar da pessoa que havia construído na última década, porque já não podia me reconhecer, os espelhos estavam quebrados. eu tinha vivido tanto tempo me diminuindo para caber nas expectativas dos meus pais, na maneira como a igreja dizia que eu deveria ser e na forma com que eu mesmo me diminuía e desfigurava que quando finalmente pude ser em completude, não soube o que fazer de mim. *com você aconteceu isso também? adentrar a vida adulta sem saber o que ser. para quem.* eu não sabia onde colocar o sorriso alto e as mãos desajeitadas. em quais lugares deveria colocar minha intensidade, de qual maneira deveria proteger o coração para não o ferir com quedas precipitadas em pessoas cuja entrega não era recíproca, nunca foi. porque me olhar no espelho e me reconhecer significava olhar para além da janela do quarto e me deparar com muitos outros questionamentos. constatar que eu era todo o meu universo, mas que diante da vastidão de tantos outros, minhas agonias se tornavam pequenas, não tinham com quem conversar. então, quando pensei que os incômodos tinham cessado, os travesseiros da cama me responderam o oposto. eles me assistiram, em noites sucessivas e incontáveis, chorando o impossível. eu chorava pelos sonhos que tinha demais, o fardo de carregar as expectativas familiares de décadas em minhas costas, era em mim que eles confiavam o fazer dar certo e o *"chegar lá"*. eu tinha que chegar lá, seja lá o que isso significasse. eu tinha de chegar em algum lugar, porque senão todas as lágrimas molhadas de apreensão, todas as noites sem dormir e todo o esforço na escola durante aqueles anos teriam sido em vão. a adolescência teria sido em vão.

sinto que a transição da adolescência para a vida adulta é a parte estranha de todos nós, terreno em que pisamos com pés incertos e corações desesperados para encontrar outros espaços para respirar. o corpo está mudando, os pensamentos vão ganhando textura, a realidade se desenha às vezes com cores cinzentas, temos sonhos e vontades imensas. estar em casa, constantemente, é estar fora. um peixe longe da água. uma versão de si mesmo que já não corresponde às expectativas dos pais, às projeções de um mundo que te desconhece pois nunca fez questão de te enxergar. o sentimento de se sentir invisível é constante. dói. o peso das expectativas é desleal e nos questiona o tempo inteiro se estamos indo bem, se somos suficientes, se fizemos algo de errado. persiste a vontade de ir embora do próprio corpo, para fora das projeções alheias, para o colo de alguém que encontre em nossos olhos a força que pensamos não ter. tudo nos acerta com o peso de uma bailarina em seu último passo de dança. tudo nos atravessa com a intensidade de um vento que acumulou secura e procura para onde ir. nós, pelo contrário, estamos exatamente no meio. no momento da perigosa curva que é não mais se ver em uma espécie de nostalgia do passado, de quando as responsabilidades eram divididas e os telefonemas de pessoas queridas, mais frequentes. de quando as lágrimas sobre o futuro nebuloso se encontravam com pais e amigos preocupados e braços capazes de nos livrar de um mal desconhecido. agora, ansiosos pelo futuro, receosos com o caminho que se desenha logo à frente, esticamos a coragem para que todos vejam que em nós habita a independência. ensaiamos a maneira adequada de como diremos adeus àquela casa que nos pariu por tanto tempo, ao aconchego do cuidado que conhecíamos até demais. para tal, inventamos teorias sobre como estamos preparados para o mundo lá fora. para o outro lado da ponte em que a vida parece borbulhar e nos convida: venham, está na hora de finalmente crescer.

para todas as pessoas que já tiveram vontade de abandonar o próprio corpo: é uma bênção te encontrar por aqui.

Copyright © 2024 by Editora Globo S.A
Copyright do texto © 2024 by Igor Pires

Todos os direitos reservados. Nenhuma parte desta edição pode ser utilizada ou reproduzida — em qualquer meio ou forma, seja mecânico ou eletrônico, fotocópia, gravação etc. — nem apropriada ou estocada em sistema de banco de dados sem a expressa autorização da editora.

Editora responsável **Paula Drummond**
Editora assistente **Agatha Machado**
Assistente editorial **Giselle Brito** e **Mariana Gonçalves**
Revisão **Paula Prata**
Ilustrações **Anália Moraes**
Diagramação **Túlio Cerquize**
Capa **Juão Castro**
Projeto gráfico original **Laboratório Secreto**

Texto fixado conforme as regras do Acordo Ortográfico da Língua Portuguesa (Decreto Legislativo nº 54, de 1995)

CIP-BRASIL. CATALOGAÇÃO NA PUBLICAÇÃO
SINDICATO NACIONAL DOS EDITORES DE LIVROS, RJ

P744e

    Pires, Igor
        Este é um corpo que cai mas continua dançando / Igor Pires. - 1. ed. - Rio de Janeiro : Globo Alt, 2024.

        ISBN 978-65-85348-79-9

        1. Poesia brasileira. I. Título.

24-92346	CDD: 869.1	
	CDU: 82-1(81)	

Meri Gleice Rodrigues de Souza - Bibliotecária - CRB-7/6439

1ª edição, 2024

Direitos de edição em língua portuguesa para o Brasil adquiridos por Editora Globo S.A.
Rua Marquês de Pombal, 25
20.230-240 – Rio de Janeiro – RJ – Brasil
www.globolivros.com.br

IGOR PIRES

ESTE É UM CORPO QUE CAI MAS CONTINUA DANÇANDO

Alt